新 潮 文 庫

欲望という名の電車

T・ウィリアムズ
小田島雄志訳

新 潮 社 版

3954

欲望という名の電車

かくしてわれは、崩壊せし世に
幻の人を追い求めしも、その声は
一瞬、風に引きちぎられて行方も知らず、
必死に見定めんとするもついにかいなし。

――ハート・クレーン「崩壊の塔」――

登場人物

ブランチ・デュボア
ステラ・コワルスキー
スタンリー・コワルスキー
ハロルド・ミッチェル（ミッチ）
ユーニス・ハベル
スティーヴ・ハベル
パブロ・ゴンザレス
黒人女
見知らぬ男（医師）
見知らぬ女（看護婦）
集金人の若者
メキシコ女

時　春から夏をへて初秋まで

所　ニューオーリアンズ市

第一場

ニューオーリアンズ市の、〈極楽〉という名の街路に面した、ある町角の二階建ての建物の外側。その街路は、L&N鉄道の線路と、ミシシッピ河のあいだを通っている。そこは貧しい地区ではあるが、アメリカのほかの都市にある貧民地区とはことなり、一種の卑俗な魅力をそなえている。ほとんどの家屋は白ペンキ塗りの木造で、風雨にさらされて灰色になっており、がたついた外階段と、バルコニーと、ふう変わりな装飾の破風《はふ》がついている。舞台の建物は、一階と二階の二つの住居から成っている。色あせた白ペンキ塗りの階段をのぼって、それぞれの住居の入口に達する。五月はじめの、たそがれどき。ほの白いこの建物の周辺に見える空は、異様なまでにやわらかな青色であり、ほとんどトルコ玉の青緑色と言ってよく、それがこの情景に一種のリリシズムを与え、荒廃の雰囲気《ふんいき》に優雅なやわらぎを与えている。河岸倉庫のバナナやコーヒーのほのかな香りとともに、そのむこうを流れている褐色《かっしょく》のミシシッピ河のあたたかい息吹《いぶ》きさえ、肌《はだ》に感じられそうな気がするほどである。角を曲がったところのバーで黒人芸人たちの奏《かな》でている音楽が、その場にふさわしい気分をかき立てている。ニューオーリアンズのこの界隈《かいわい》を歩いていると、ほとんど決まったように、町角を曲がったところから、あるいは通りの数軒先から、褐色の指がものにつかれたようによどみなく叩《たた》いている安ピアノの音が聞こえてくるものである。この〈ブルー・ピアノ〉（訳注　ブルースのピアノ曲名）が、この界隈の生活の雰囲気をよくあらわしている。

白人と黒人の二人の女が、この建物の階段に腰をおろして涼んでいる。白人女は二階に住んでいるユーニス、黒人女は近所に住んでいる。ニューオーリアンズはコスモポリタンの都市であり、古い地区では異人種間のつきあいも比較的あたたかく気楽におこなわれているのである。

〈ブルー・ピアノ〉の音よりも高く、通りの人々の声がかさなりあって聞こえている。

黒人女　（ユーニスに）……そいでね、あの女が言うにはさ、聖バーナバス様のお使いである犬がきて、あの女をなめたんだって。そしたら、頭のてっぺんから爪先《つまさき》まで、ゾクゾクって寒気が走ったんだって。そいでその晩……

男　（水夫に）これをずーっとまっすぐ歩いて行きゃあ見つかるよ。シャッターをガタガタ言わせてるから。

水夫　（黒人女とユーニスに）「フォー・デューシズ」って店、知らないかい？

物売り　えー、ホットドッグ、ホットドッグ！

黒人女　あんな暴力バーで無駄金《むだがね》使わないほうがいいよ。

水夫　そこでデートすることにしちまったんでね。

物売り　えー、ホットドッグはいかが！

黒人女　「ブルー・ムーン・カクテル」だけはおよしよ、ちゃんと自分の足で歩いて帰れなくなるからね。

角をまわって、二人の男がやってくる、スタンリー・コワルスキーとミッチである。二人とも二十八から三十ぐらいで、ブルーのデニムの作業服をぞんざいに着こんでいる。スタンリーは、ボーリング・ジャケットと、肉屋で買った血のしみた包みをもっている。

スタンリー　（ミッチに）で、なんて言ったんだ、あいつ？

ミッチ　対等の賭《か》け金でいこう、だってさ。

スタンリー　そんなばかな！　おれたちにゃあハンディをつけてもらわなきゃあ！

二人は階段の下で立ちどまる。

スタンリー　（どなる）おーい、ステラ！　ステラ！

ステラが一階の踊り場に出てくる、品のいい二十五ぐらいの若い女であり、あきらかに夫とは育ちがちがう。

ステラ　（おだやかに）そんなにどならないでよ。あら、ミッチ。
スタンリー　投げるぞ！
ステラ　え？
スタンリー　肉だ！

彼は包みをほうりあげる。彼女は抗議の声をあげるが、なんとかうまく受けとめ、息をはずませて笑う。夫とその連れはすでに引き返しはじめ、角を曲がりかけている。

ステラ　（彼の背中に呼びかけて）スタンリー！　どこへ行くの？
スタンリー　ボーリング！
ステラ　見に行っていい？

スタンリー　ああ。(行ってしまう)
ステラ　すぐ行くわ。(白人女に) こんばんは、ユーニス。
ユーニス　こんばんは。スティーヴに会ったらホットドッグでも買って食べるように言っといて、うちにはなんにも残ってないんでね。

一同笑う。黒人女はなかなか笑いやまない。ステラは出て行く。

黒人女　なんの包みだい、さっきほうりあげたのは？ (ますます大声で笑いながら、階段から腰をあげる)
ユーニス　シーッ！　聞こえるよ！
黒人女　投げるぞ、なんちゃって！

彼女は笑い続ける。ブランチがスーツケースをもち、角を曲がって現われる。手にした紙片を見、建物を見、もう一度紙片を見、もう一度建物を見る。驚いて信じられない、といった表情。彼女の姿はあたりの様子とはそぐわない。白のスーツにふんわりした感じのブラウスを優雅に着こなし、真珠のネックレスとイヤリングに、白の手袋と帽子というかっこうは、まるで郊外の高級住宅地でもよおされる夏のティー・パーティーかカクテル・パーティーに招《よ》ばれてきたかのようである。ステラより五つほど年上。その繊細な美しさは強い光には耐えられないように見える。白い服とともに、そのどことなく頼りなげな物腰は、蛾《が》を思わせるものがある。

ユーニス　（とうとう）どうかしたの、あんた？　道に迷ったの？

ブランチ　（ややヒステリックなユーモアをもって）「欲望」という名の電車に乗って、「墓場」という電車に乗りかえて、六つ目の角でおりるように言われたのだけど――「極楽」というところで。

ユーニス　そんならあんたの立ってるところだよ。

ブランチ　「極楽」が？

ユーニス　そう、ここが「極楽」さ。

ブランチ　じゃあきっと――まちがえたんだわ――番地を。

ユーニス　何番地だい、捜してるのは？

ブランチは疲れたように紙片に目をやる。

ブランチ　六百三十二。

ユーニス　だったらもう捜すことないよ。
ブランチ　(けげんそうに) 妹の家を捜しているんです、ステラ・デュボアの。いえ、いまは――スタンリー・コワルスキー夫人だけど。
ユーニス　ここだよ――いま出て行ったとこだけどね。
ブランチ　これが――これがほんとうに――妹の家？
ユーニス　妹さんが下で、あたしが上に住んでるのさ。
ブランチ　まあ。で、妹は――留守？
ユーニス　その角のむこうにボーリング場があったろう？
ブランチ　さあ――気がつかなかったけど。
ユーニス　そこに行ってるよ、ご亭主《ていしゅ》のボーリングを見に。(間《ま》) スーツケースおいて、捜しに行けば？
ブランチ　いえ。
黒人女　あたしが知らせてこようか、あんたがきたって。
ブランチ　すみません。
黒人女　いいんだよ。(出て行く)
ユーニス　あんたがくること、妹さんは知らないのかい？
ブランチ　ええ。今晩くるということは。

ユーニス　ま、家に入ってくつろいでるんだね、帰ってくるまで。
ブランチ　いいんですか——そんなことして！
ユーニス　うちが家主なんだもの、入れてあげるよ。

彼女は立ちあがって、一階のドアを開ける。窓のむこうにあかりがついて、ブラインドが薄青く見える。ブランチはゆっくりついて行って、一階の部屋に入る。室内が明るくなると、屋外の照明は暗くなって消える。
二つの部屋が見えるが、その区切りはあまりはっきりとはしていない。ドアを入ってすぐの部屋は、もともと台所であったが、いまは折りたたみ式のソファー・ベッドがおいてあって、やがてブランチがそれを使うことになる。次の部屋は寝室であり、その奥にバスルームに通じる狭いドアがある。

ユーニス　(ブランチの顔色に気づいて、言いわけするように) いまはちょっとちらかってるけど、かたづけりゃあ結構いい部屋なんだよ。
ブランチ　そうですか。
ユーニス　だと思うけどねえ。で、あんたがステラの姉さん？
ブランチ　ええ。(出て行ってもらいたくて) わざわざありがとうございました。

ユーニス　ポル・ナーダ、ってメキシコ人なら言うところだ、どういたしまして、ってことさ。ステラから聞いてたよ、あんたのこと。
ブランチ　そうですか？
ユーニス　学校の先生してるんだろう。
ブランチ　ええ。
ユーニス　ミシシッピの生まれだってね？
ブランチ　ええ。
ユーニス　その家の写真、見せてもらったよ、農園の。
ブランチ　「ベルリーヴ（訳注 美しい夢）」のことかしら？
ユーニス　大きなお屋敷だったよ、白い円柱が何本もあって。
ブランチ　ええ……
ユーニス　あんなお屋敷じゃあたいへんだろうねえ、きちんとしとくだけでも。
ブランチ　すみません、私、疲れて倒れそうで。
ユーニス　あたしに遠慮することないよ、腰をおろしなさいな。
ブランチ　いえ、あの、一人になりたいんです。
ユーニス　（むっとして）そうかい、そんなら消えるとするか。
ブランチ　ごめんなさい、失礼なこと言ってしまって、でも――

ユーニス　ボーリング場をのぞいて、ステラにいそいで帰るように言うからね。（ドアから出て行く）

ブランチは椅子《いす》に腰をおろし、寒気でもするかのように、肩をややすぼめ、膝《ひざ》をしっかり合わせ、両手でハンドバッグをギュッと握りしめ、からだをこわばらせている。しばらくして、その目からうつろな目つきが消え、ゆっくりあたりを見まわしはじめる。猫《ねこ》の鋭い声がする。彼女はギクッとして息をのむ。ふと、半開きの戸棚《とだな》のなかになにかを見つける。パッと立ちあがると、そこまで行って、ウイスキー瓶《びん》をとり出す。タンブラーに半分ほど注《つ》いで、一息に飲みほす。注意深く瓶をもとの場所にもどし、流しでタンブラーを洗う。それから、テーブルの前の椅子にもどる。

ブランチ　（かすかな声でひとりごと）しっかりしなくちゃ！

ステラがいそぎ足で建物の角をまわって現われ、一階のドアに駆けこむ。

ステラ　（嬉《うれ》しそうに叫んで）ブ、ブラン、、チ！

一瞬、二人は見つめあう。やがてブランチはパッと立ちあがり、狂気じみた叫び声をあげると、ステラにかけ寄る。

ブランチ　ステラ、おお、ステラ、ステラ！　私の大事なお星様！

彼女は、二人のどちらかがおちついてものを考えはじめたらたいへんだ、とでもいうように、熱っぽいはしゃぎようでしゃべり出す。二人は発作的にくり返し抱きあう。

ブランチ　さ、あんたの顔を見せてちょうだい。でも私を見ちゃだめよ、ステラ、いまはだめ、絶対だめ、お風呂《ふろ》に入って一休みするまではだめ！　それからあの天井の電気を消して！　お願い！　こんなになさけ容赦なくギラギラ照らし出す光のなかで顔を見られたくないの。（ステラは笑って、言われたとおりにする）さ、もう一度ここへきて！　ああ、私のかわいいステラ！　お星様のステラ！　（もう一度抱きしめる）あんたが帰ってきてくれてほっとしたわ、こんなひどい家にまさかと思ってたんだもの。まあ！　私ったら！　ごめんなさいね、もっといいこと言うつもりだったのよ――なんて便利な場所でしょう、とかなんとか。ハハハ！　ねえ、私の大事な子羊さん、あんたまだ一言も口をきいてくれないのね。

ステラ　だってきかせてくれないんだもの、姉さんったら！　(笑うが、ブランチを見る目はやや不安そうである)

ブランチ　じゃあ、どうぞ。かわいいお口を開けて話してちょうだい、私はお酒でも捜しているから！　どこかにきっとあるはずだわ、お酒が！　さあ、どこかしら？　ほーら、見ーつけた！

彼女は戸棚にかけ寄り、さっきの瓶をとり出す。そして笑おうとするが、全身がふるえ、あえぐだけである。瓶は彼女の手からあやうく落ちそうになる。

ステラ　(それに気がついて) ブランチ、すわってなさいよ、あたしが注いであげるから。なにかで割るほうがいいわね、なにかあったかな。たしか冷蔵庫にコーラがあるはずだわ。ちょっと見てくれない、姉さん、あたしは——

ブランチ　コーラはだめよ、今夜のような神経のときは！　で、どこ——どこなの——どこにいるの——？

ステラ　スタンリー？　ボーリングよ！　夢中なの。いまみんなで——あ、ソーダがあった！　試合をしてるとこ……

ブランチ　お水を別にもらえばいいわ、割らなくても！　でも心配しないで、姉さんは飲んべえになったわけじゃないから。ただ暑くて、疲れて、汗と埃《ほこり》にまみれて、くたくたになっただけ！　さ、あんたもすわって、この家のこと説明してちょうだい！　こんなところにいて、どうしようというの？

ステラ　まあ、姉さん――

ブランチ　ええ、私は猫っかぶりなんかいや、正直に憎まれ口をたたくつもりよ！　どんな、どんなこわい夢にだって、こんな家は現われないわ、絶対――ポーだけよ！　エドガー・アラン・ポーだけよ！　――ちゃんと表現できるのは！　むこうに見えるのはきっと、「屍肉《しにく》を食らう妖怪《ようかい》のすみか、ウイアの森」ね。（笑う）

ステラ　なに言ってるの、あれは鉄道の線路よ。

ブランチ　さ、冗談はよして、まじめにきくわ。どうして言ってくれなかったの？　どうして手紙でも書いて、知らせてくれなかったの？

ステラ　（自分にもウイスキーを注ぎながら、用心深く）知らせるって、なにを？

ブランチ　もちろん、こんな暮らしをしているってことよ。

ステラ　姉さん、それは少し大げさすぎやしない？　そんなにひどい暮らしじゃないわ！　ニューオーリアンズはほかの都会とはちがうのよ。

ブランチ　ニューオーリアンズとこれとは別よ。こんな暮らしは、言ってみれば――ごめんなさい、ステラ！　（急にことばを切る）この話はもうおしまい！

ステラ　（ややそっけなく）ありがとう。
間。ブランチは彼女をじっと見つめる。彼女はブランチにほほえみかける。
ブランチ　（グラスに目を落とす、グラスは手のなかでふるえている）この世界で私に残されたのはあんただけ、それなのにあんたは私に会っても喜んでさえくれない！
ステラ　（誠意をこめて）そんなことないわ、ブランチ。
ブランチ　そう？――私、忘れていたんだわ、あんたが無口だってこと。
ステラ　姉さんがあたしにしゃべらせてくれなかったのよ、いつだって。だからあたし、姉さんの前では無口になる習慣がついてしまったの。
ブランチ　（ぼんやりと）いい習慣だわ……（だしぬけに）まだきいてくれなかったわね、春の学期が終わらないうちに、私が学校から抜け出してきたわけ。
ステラ　それは、姉さんのほうから教えてくれると思ってたのよ――教えてくれる気があれば。
ブランチ　クビになった、と思ったんでしょ？
ステラ　ううん、あたしは――たぶん姉さんが――自分からやめたんだろうと……
ブランチ　私、もうすっかりへとへとになってしまったの、さんざん苦労して――神経がまいってしまって。(いらだたしげにタバコの先をトントンと突き固めながら) あと一歩で――気ちがいになるところ! だもんで、グレーヴズさんが――高校の校長先生よ――休暇をとるようにすすめてくれたの。そんなこまかいこと、いちいち電報で言うわけにはいかないでしょう……(す早く飲む) ああ、からだじゅうにしみわたるよう、いい気持!

ステラ　もう一杯いかが?

ブランチ　ううん、一杯が限度。

ステラ　ほんと?

ブランチ　あんたまだ、私がどう見えるか、なんにも言ってくれないのね。

ステラ　とってもすてきよ。

ブランチ　嬉しいわ、嘘《うそ》でもそう言ってくれて。でも昼の光にさらされると、まるで廃墟《はいきょ》! あんたは――あんたは少しふとったようね、そう、まるっこくてかわいらしいウズラみたい! そのほうがあんたには似合うわ!

ステラ　まあ、ブランチったら――

ブランチ　ほんとにそう、でなかったら私、言うものですか! でもウエストには気をつけるほうがいいわ。立ってみて。

ステラ　なにもいまそんなこと――

ブランチ　聞こえたでしょう？　お立ちなさい！　（ステラはしぶしぶ立つ）しようのない子ねえ、そんなきれいな白いレースの襟《えり》にしみをつけたりして！　それにその髪——もっと短くフェザーカットにしなくちゃ、上品な顔立ちなんだもの。メードはいるんでしょ、ステラ？

ステラ　いいえ、たった二部屋《ふたへや》で、そんな——

ブランチ　なんですって？　二部屋？

ステラ　この部屋と——（当惑する）

ブランチ　あの部屋？（鋭い笑い声。気まずい沈黙）あんたって、ほんと、無口ね。そのうに黙りこくって、小さな手をかさねあわせてすわっているところは、まるで聖歌隊席にいるかわいい子供のよう！

ステラ　（ぎごちなく）あたしには姉さんのようなエネルギーがないのよ。

ブランチ　そして、私にはあんたのような美しい自制心はないわ。もう一杯いただこうかしら、ほんのちょっぴりだけ、つまり、終止符をうつつもりで……さ、もう瓶をしまってちょうだい、誘惑されるといけないから。（立ちあがる）どう、見て、私のスタイル！（ぐるっとまわる）この十年間、一グラムも増えていないわ。あんたがベルリーヴを出て行ったあの夏とおんなじ目方。お父さんが死んで、あんたが出て行ったあの夏と……

ステラ　(ややうんざりしたように)ほんと、信じられないわ、ブランチ、とってもきれいよ。

ブランチ　私、まだ自分の容貌《ようぼう》にとんでもないうぬぼれをもっているの、こんなに衰えかけているいまになっても。(神経質に笑って、安心させてもらいたいというようにステラを見る)

ステラ　(忠実に)ちっとも衰えていないわよ。

ブランチ　こんなにつらい歳月をへてきたのに？　そんな嘘を私が信じると思って？　この子ったら、まあ！　(ふるえる手を額《ひたい》にあてる)ステラ、　部屋は――二つだけ？

ステラ　それに、バスルームよ。

ブランチ　まあ、バスルームもあるの！　階段をのぼって右に曲がった最初の部屋？　(二人ともぎごちなく笑う)で、私をどこにおいてくれるの？

ステラ　この部屋がいいと思うけど。

ブランチ　これ、どういうベッド？　――折りたたみ式？　(すわってみる)

ステラ　ぐあいはどう？

ブランチ　(不安そうに)とってもすてき。あんまりへこむのは好きじゃないから。でも、そっちの部屋とのあいだにドアがないのね、スタンリーがいても――平気かしら？

ステラ　だいじょうぶよ、あの人はポーランド人だもの。

ブランチ　そう。つまり、アイルランド人みたい、ってわけ？

ステラ　そうねえ――

ブランチ　ただそれほど――教養が高くないだけで。（二人はまたぎごちなく笑う）私、いい服を何着かもってきたのよ、あんたのすてきなお友だちに会うときに着ようと思って。

ステラ　でも、姉さんはすてきだなんて思わないんじゃないかしら。

ブランチ　どんな人たち？

ステラ　みんなスタンリーの友だちよ。

ブランチ　ポーラック（訳注 ポーランド人の蔑称）？

ステラ　いろんな人種がごたまぜ。

ブランチ　各種混淆《こんこう》の――タイプの人たち？

ステラ　ええ、そう。タイプとはうまい言いかただわ。

ブランチ　ま――とにかく――いい服をもってきたんだから着ることにしましょう。あんた、私がホテルに泊まると言ってほしいんじゃない？　でもホテルに泊まるのはいや。私、あんたのそばにいたい、だれかといっしょじゃないとだめなの、ひとりぼっちでいるわけにはいかないのよ！　だって――もう気がついたでしょ――私、からだのぐあいがあまりよくなくて……（声がとぎれ、おびえたような顔つきをする）

ステラ　姉さん、少しいらいらしているというか、過労気味のようね。

ブランチ　スタンリーは私を好きになってくれるかしら、それとも厄介《やっかい》な小姑《こじゅうとめ》が押しかけてきたと思うかしら？　だとしたらがまんできないわ、私。

ステラ　仲よくやっていけるわよ、ただ姉さんが――そのう――あの人を昔ベルリーヴでつきあった人たちとくらべようとさえしなければ。

ブランチ　そんなに――ちがうの？

ステラ　ええ。ちがう種族。

ブランチ　どうちがうの？　どんな人？

ステラ　どんなって、好きな人のことを一口でうまく言えやしないわ！　これがあの人の写真！（写真をブランチに渡す）

ブランチ　将校だったの？

ステラ　工兵隊の曹長《そうちょう》。それはみんな勲章！

ブランチ　それをつけていたのね、はじめて会ったとき。

ステラ　でもあたし、金ピカの勲章に目がくらんだんじゃなかったのよ。

ブランチ　別にそんなつもりで――

ステラ　もちろんあとになって、あたしも考えを改めなきゃならないことだっていろいろあったけど。

ブランチ　たとえば、除隊してからの社会的地位とか？（ステラはあいまいに笑う）私がくると聞いて、あの人どんな顔した？
ステラ　ああ、スタンリーはまだ知らないわ。
ブランチ　（おびえて）あんた——話してないの？
ステラ　よく家をあけるのよ、あの人。
ブランチ　そう。旅行？
ステラ　ええ。
ブランチ　それはいいわね。いえ——でも、いいじゃない？
ステラ　（なかばひとりごと）一晩留守にされると、いても立ってもいられなくなる……
ブランチ　まあ、ステラ！
ステラ　一週間いないと気が狂いそう！
ブランチ　おやおや！
ステラ　そして帰ってくると膝《ひざ》にすがって泣くの、赤ん坊みたいに……（ひとりほほえむ）
ブランチ　きっとそんなものなのね、愛するってことは……（ステラは輝くようなほほえみを浮かべて顔をあげる）ステラ！
ステラ　なあに？
ブランチ　（不安そうな早口で）私まだなにもきいてないでしょう、あんたがきかれるんじゃないかと心配しているようなことは。だからあんたもわかってちょうだい、私があ

ステラ　んたに言わなきゃならないことを。

ブランチ　なんのこと、ブランチ？（心配そうな顔になる）

ブランチ　あんたはきっと——私を責めるわ、責めるにきまってるわ——でも責める前に——思い出してちょうだい——あんたは出て行ったのよ！　私は残って戦った！　あんたはニューオーリアンズにきて自分のことだけ考えればよかった！　私はベルリーヴにとどまってなんとかもちこたえようとした！　あんたを非難して言うんじゃないわよ、でも重荷は全部、私の肩にかかってきた。

ステラ　あたしは自分の暮らしだけで精いっぱいだったのよ、ブランチ。

ブランチはふたたび緊張でからだをふるわせはじめる。

ブランチ　わかってるわ、それは。でもあんたはベルリーヴを捨てた人、私はちがう！　私はベルリーヴのために踏みとどまって戦ったわ、血を流して、死ぬ思いをして！

ステラ　そんなヒステリックな言いかたはよして、なにがあったのか言ってよ！　戦ったとか、血を流したとか、いったいどういうことなの？　どんなことが——

ブランチ　わかってたわ、ステラ、ちゃんとわかってた、あんたがそういう態度に出るだろってことは！

ステラ　なんなのよ――言いたいことは？　――ねえ！
ブランチ　（ゆっくりと）なくしたの――なくしたの……
ステラ　ベルリーヴを？　なくした？　まさか……
ブランチ　そうなのよ、ステラ！

二人は、黄色い格子縞《こうしじま》のリノリウムのかかったテーブル越しに、じっと見つめあう。ブランチはゆっくりうなずく、するとステラはゆっくりテーブルの上に組んだ両手に目を落とす。〈ブルー・ピアノ〉の音が次第に高くなる。ブランチはハンカチを額にあてる。

ステラ　でもどうして手放すことになったの？　なにがあったの？
ブランチ　（さっと立ちあがって）よくそんなごりっぱな口がきけるわね、どうして手放すことになったの、なんて！
ステラ　ブランチ！
ブランチ　よくそんなにいばって、私を責めることができるわね！
ステラ　ブランチ！
ブランチ　私は、この私は、まっこうから打撃を受けたのよ、全身に！　次から次へ、みんな死んでいった！　お墓への行列が続いた！　お柩に入らなかった！　お父さんも、お母さんも！　マーガレットはひどかった！　あんまりおなかが大きくなっていたので、お棺に入らなかった！　だから焼かなきゃならなかったわ、ごみみたいに！　あんたはお葬式にやっとまにあうように帰ってきたわね。お葬式はきれいだわ、死というものにくらべたら。お葬式は静かだけど、死は――そうとはかぎらない。けわしい息づかいをすることもあれば、喉《のど》をゴロゴロ鳴らすこともある。大声で叫ぶことだってあるわ、「死にたくない！」って。年寄りでも言うことがあるわ、「死にたくない！」って。まるでこちらに生かしておく力があるかのように！　でもお葬式は静かだわ、きれいな花に飾られたりして。それに、遺体を収める柩《ひつぎ》の華やかなことときたら！　臨終に立ちあって、「なんとかして！」ってうめく声を聞いていなければ、そこに生と死の凄惨《せいさん》な苦闘があったとはとうてい思えないはずだわ。あんたは夢にも思わなかったでしょう、だけど、私は見たのよ！　見たのよ！　この目で！　それなのにいま、あんたはそこにすわって、私をにらんでいる、ベルリーヴをなくしたのは私のせいだと言わんばかりに！　いったいあんたは、病気やお葬式の費用をどうやって支払ったと思ってるの？　死ぬってお金のかかるものなのよ、ミス・ステラ！　マーガレットが死ぬと、すぐあとを追うように従姉《いとこ》のジェシーが死んだわ、あの人が！　そう、死神があの屋敷にいすわったのよ！　……ステラ。ベルリーヴは死神の本陣になったのよ！　そのようにして――ベルリーヴは私の指からこぼれ落ちていった！　私たちに財産を残して死んだ人が一人でもあって？　一セントの保険でも残していった人が？　あのジェシーだけは――お棺の代金として百ドル。それだけよ、ステラ！　そして私はと言えば、学校でもらう雀《すずめ》の涙ほどのお給金。さあ、いくらでも私を責めてちょうだい！　そこにすわって、私をにらむといいわ、あの屋敷をなくしたのは私のせいだと思って！　なくしたのは私のせい？　あんたはどこにいたのよ！　ベッドでしょう、あの――ポーラックと！

ステラ　（さっと立ちあがって）ブランチ！　よして！　もうたくさん！　（出て行こうとする）

ブランチ　どこへ行くの？

ステラ　バスルームへ、顔を洗いに。

ブランチ　まあ、ステラ、ステラ、泣いてるの！

ステラ　泣いたらおかしい？

ステラはバスルームに入って行く。

外で男たちの声がする。スタンリーとスティーヴとミッチが階段の下までくる。

スティーヴ　その婆《ばあ》さんミサに行くとこで遅れちまったんだな、そしたら教会の前にポリ公が立ってたんでそばに行ってこうきいたんだ、「おまわりさん――ミサはもう終わったんですか？」するとポリ公のやつ婆さんをじろじろ見てから答えた、「まだだよ、だがあんたの帽子はあ、み、だ、だよ」（一同どっと吠《ほ》えるように爆笑する）明日の晩ポーカーやるか？

スタンリー　うん――ミッチのとこでやろう。

ミッチ　おれのうちはまずいんだよ。おふくろがまだ病気で寝てるんでね。（行きかける）

スタンリー　（うしろから呼びかけて）じゃあおれんちだ……ビールはおまえがもってこいよ。

ユーニス　（二階からどなる）いいかげんに帰ったらどうなの！　今夜はスパゲッティ作って、もう一人で食べちまったからね。

スティーヴ　ボーリングの試合だって言っといたろうが、電話もしたぜ。（男たちに）ジャックス・ビールだぞ！

ユーニス　電話なんかしなかったくせに。

スティーヴ　朝めしのとき言ったし――昼めしのとき電話したろう……

ユーニス　ま、どうだっていいさ。どうせめったに帰ってこないんだから。

スティーヴ　新聞に売りこんだらどうだい、そんなに珍しいことなら。

男たちはさらに笑って、別れの挨拶《あいさつ》をどなりあう。スタンリーは台所の網戸を乱暴に開けてなかに入る。彼は中背で、一七四、五センチ、頑丈《がんじょう》で引きしまった体格をしている。その動作や態度のはしばしに、生きていることへの動物的な喜びがあらわれている。男としての物心がついたころから、彼の生活の中心は女相手の快楽であった、それも、快楽に身を任せて意気地なく溺《おぼ》れるのではなく、雌鶏《めんどり》の群れのなかの豪勢な羽をつけた一羽の雄鶏《おんどり》のように、力と誇りとをもって、快楽を与えつつかつ受けとるのである。この徹底的な満足感を生み出す中心から、彼の生活のあらゆる副次的活動が派生する。たとえば、男友だちと胸襟《きょうきん》を開いてつきあうのも、野卑《やひ》なユーモアを楽しむのも、いい酒や食べものや勝負事に夢中になるのも、車、ラジオ、その他自分が華やかな雄《おす》であることを誇示するいっさいの所有物に愛着するのも、そうである。彼は一目で女たちを性的な分類でもって評価する、そして卑猥《ひわい》な姿態を想像しながら、どのようにほほえみかけるのか決めるのである。

ブランチ　（彼の視線から思わず身を引いて）スタンリーね。私、ブランチ。

スタンリー　ステラの姉さんかい？

ブランチ　ええ。

スタンリー　それはそれは。どこ、うちのやつ？

ブランチ　バスルーム。

スタンリー　そう。知らんかったなあ、あんたがくること。
ブランチ　私――あの――
スタンリー　どこにお住まいだっけ、ブランチ？
ブランチ　私――ローレルに。

スタンリーは戸棚《とだな》に行ってウイスキーの瓶《びん》をとり出している。

スタンリー　ローレル？　そうだ、ローレルだったたね。おれの受けもち区域じゃないんだ、あそこは。こう暑いと酒のへりかたが早いな。（瓶をあかりにすかしてへりぐあいを見る）どう、一杯？
ブランチ　いえ。私――めったに口にしませんの。
スタンリー　めったに酒を飲まない人にかぎってよく酒に飲まれるってね。
ブランチ　（弱々しく）ハハハ。
スタンリー　シャツがベトベトだ。いいかい、楽にしても？（シャツを脱ぎはじめる）
ブランチ　ええ、どうぞどうぞ。
スタンリー　気楽にいこうぜ、ってのがおれのモットーでね。
ブランチ　私もそう。いつも生き生きした顔をしているなんて無理でしょう、それに私、まだ顔を洗っていないし、お化粧もなおしていないのに――そこに帰ってらっしゃった！

スタンリー　汗でベトついたやつを着てると、風邪をひきかねないんでね。特にボーリングみたいな激しい運動をしたあとは。あんた、先生してるんだってね？

ブランチ　ええ。

スタンリー　教えてるのは、なに？

ブランチ　英語。

スタンリー　英語は苦手だったなあ、おれ。ここにはいつまで？

ブランチ　まだ――はっきりとは。

スタンリー　うちに泊まるんだろ？

ブランチ　よかったらそうさせていただこうと思って。

スタンリー　いいとも。

ブランチ　旅行すると疲れてしまうので。

スタンリー　ま、ゆっくりするんだね。

窓のそばで猫《ねこ》の鋭い鳴き声。ブランチは跳びあがる。

ブランチ　あれは？
スタンリー　猫さ……おい、ステラ！
ステラ（バスルームから、かすかに）なあに、スタンリー。
スタンリー　便器に落っこっちまったんじゃねえだろうな？（ブランチにニヤッと笑ってみせる。彼女はほほえみ返そうとするがうまくいかない。沈黙）どうやら下品な男と思われそうだな。ステラがよくあんたの話してたよ。一度、結婚したんだって？

遠くでかすかにポルカの曲が聞こえ出す。

ブランチ　ええ。まだほんの少女のころ。
スタンリー　それで？
ブランチ　その子は――相手の男は死にました。（ぐったり腰をおろす）なんだか私――気分が悪くなりそう！

彼女は両腕のなかに顔を埋める。

第二場

翌日の夕方六時。ブランチは入浴中。ステラは外出の身づくろいを終えるところ。ブランチの花模様のプリントのドレスが、ステラのベッドの上にひろげてある。

スタンリーが外から台所に入ってくる。ドアを開け放しにしておくので、角のむこうから永遠に続くかと思われる〈ブルー・ピアノ〉が流れこむ。

スタンリー　なんのまねだい、そのチャラチャラしたかっこうは？

ステラ　あ、スタン！　（跳びあがって彼にキスする。彼はそれを悠然《ゆうぜん》たる態度で受ける）あたしね、ブランチを連れてガラトワールにお食事しに行こうと思ってるの、そのあとショーかなにか見に行くわ。だって今夜はポーカーでしょ。

スタンリー　おれの晩めしはどうなるんだ、え？　おれはガラトワールにお食事しに行きゃあしねえんだぜ！

ステラ　冷蔵庫にコールド・ビーフを用意してあるわ。

スタンリー へ、そいつは豪勢だ！
ステラ ポーカーがすむまでブランチを外へ連れ出しとこうと思ったのよ、姉さんがどう思うかわからないんだもの。だからお食事のあとフレンチ・クォーターのちょっとしたナイト・クラブに寄るつもりなの、それにはお小遣いがいるんだけど。
スタンリー どこだい、姉さん？
ステラ お風呂《ふろ》、神経を休めるために。いまひどく気が高ぶってるの。
スタンリー なんで？
ステラ たいへんなめに会ったので。
スタンリー ほう？
ステラ スタン、あたしたち——ベルリーヴをなくしたのよ！
スタンリー 田舎の屋敷をか？
ステラ うん。
スタンリー どうして？
ステラ （あいまいに）それが、どうしても犠牲にしなきゃならなくなったらしいわ。（間《ま》。スタンリーは考えこむ。ステラは着がえをしはじめる）姉さんが出てきたら、きれいだとかなんとか言ってあげてね、お願い。そう！ それから赤ん坊のことは黙ってて。まだ話してないのよ、姉さんがもう少し落ちつくまで待とうと思って。

スタンリー　（険悪に）そうかい？

ステラ　あんたも姉さんの気持を察して、やさしくしてあげてね、スタン。

ブランチ　（バスルームで歌っている）

水清き故郷を離れ、
囚《とら》われの乙女《おとめ》子《ご》一人。

ステラ　あたしたちがこんな小さなアパートにいるとは思ってなかったの。あたしも手紙じゃあ少しかっこうをつけて書いといたもんで。

スタンリー　そうかい？

ステラ　着ている服をほめてあげて、それから顔もすてきだって。ブランチにはそれがとっても大事なことなのよ。ちょっとした欠点だけど！

スタンリー　うん。わかった。ところで話をもどすがね、田舎の屋敷、手放したって言ったな。

ステラ　ああ——その話……

スタンリー　どうなってるんだい？　もう少しくわしく聞こうじゃねえか。

ステラ　その話は姉さんの気が静まるまで待つほうがいいと思うわ。

スタンリー　そういうとりきめになってるのか、え？　ブランチ姉さんはただいま商談には応じられません、か！

ステラ　あんたも見たでしょう、ゆうべのあの様子。
スタンリー　ああ、見せてもらったよ。ところで売渡し証書を一目拝ませてもらいてえな。
ステラ　あたしも見てないわ、そんなもの。
スタンリー　おまえにも見せてねえ、売渡し証書とか、そういった書類を？
ステラ　売ったんじゃなさそうよ。
スタンリー　じゃあどうなったんだい、くれちまったのか？　慈善事業かなんかに？
ステラ　シーッ！　聞こえるわ。
スタンリー　聞こえたってかまわんぜ、おれは。書類を拝見しようじゃねえか。
ステラ　書類なんかなかったわ、見せてもくれなかった。書類なんかどうだっていいじゃないの。
スタンリー　ナポレオン法典って聞いたことあるか？
ステラ　ないわ、ナポレオン法典なんて。かりに聞いたことがあったとしても、それがいったい――
スタンリー　じゃあちょいと講義してやろうか。
ステラ　ええ。
スタンリー　当ルイジアナ州にはナポレオン法典なるものがあってだな、それによれば、妻の財産はすなわち夫の財産にして、その逆も同じってわけだ。たとえばおれが地所をもってるとする、あるいはおまえがもってるとする——

ステラ　頭がどうかなっちゃいそう！

スタンリー　よおし、じゃあお風呂がおすみになるまで待ってやろう、そしてあのおかたがナポレオン法典をご存じかどうかきいてやる。どうやらおまえ、ペテンにかけられたようだぞ。おまえがペテンにかけられたとすると、ナポレオン法典のもとじゃあ、おれもまたペテンにかけられたことになる。そしておれはまっぴらなんだ、ペテンにかけられるのは。

ステラ　いろいろきいてみる時間はあとでいくらでもあるわよ、いまそれをしたら、姉さん、きっとまた神経がめちゃめちゃになってしまうわ。ベルリーヴがどうなってしまったのか、あたしだってわからない、でも姉さんやあたしやうちの家族のだれかがペテンを働いたって言うんなら、あんたもどんなにばかげたこと言ってるのかわかってないのよ。

スタンリー　じゃあどこにあるんだい、屋敷を売った金は？

ステラ　売ったんじゃない——なくしたのよ！

スタンリーはゆっくり大股《おおまた》で寝室に行く、ステラはあとに続く。

スタンリー！

彼は寝室の中央においてある衣装トランクを開け、一抱えの衣類を引っぱり出す。

スタンリー ようく見るんだな、こいつを！ 教師の給料で買えるようなものか？

ステラ シーッ！

スタンリー どうだい、この羽根飾りに毛皮、こいつをお召しになって町を練り歩こうってわけだ！ なんだ、こりゃあ？ 金むくのドレスじゃねえか！ それにこれ！ こいつはどうだい！ 狐《きつね》の毛皮だぜ！ (息を吹きかけてみる) 本物だよ、おまけにこの長さときたら、ざっと半マイルはあらあな！ おまえ、毛皮なんかもってるか、ステラ？ こんなふさふさした銀狐を！ おまえの銀狐、もってたら見せてもらいてえや！

ステラ それは夏むきの安物よ、ブランチがずっと前からもってたものよ。

スタンリー おれの知りあいにこういった品をあつかってるやつがいるんだ、あいつを呼んで値ぶみさせてやる。賭《か》けたっていいぜ、このてのものにゃあ何千ドルって金がつぎこまれてるんだ！

ステラ ばかなこと言わないでよ、スタンリー！

彼は毛皮をソファー・ベッドの上にほうり投げる。それからトランクの小引き出しをぐいと開け、なかから一握りの人造宝石類をつかみ出す。

スタンリー　こいつはすげえ！　海賊の宝の箱だ！
ステラ　スタンリー！
スタンリー　真珠だぜ！　真珠の大行列！　おまえの姉さんって、商売はなんだい、海底にもぐって沈んでる宝物をつかみとるダイヴァーか？　でなきゃあ金庫破りの不滅のチャンピオンだ！　それに純金の腕輪ときた！　おまえも真珠や純金の腕輪、もってたかな？
ステラ　シーッ！　静かにしてったら、スタンリー。
スタンリー　今度はダイヤモンド！　女王陛下の冠だ！
ステラ　それは姉さんが仮装舞踏会でつけていたラインストーンの頭飾りよ。
スタンリー　なんだい、ラインストーンって？
ステラ　模造ダイヤ、ガラスみたいなもの。
スタンリー　おれをからかう気か？　知りあいに宝石店で働いてるやつがいるんだ、あいつを呼んで値ぶみさせるとしよう。これがおまえの大農園、って言うか、そのなれの

ステラ　はてなんだぜ、これが！
ステラ　恥ずかしくないの、そんなひどいばかげたこと言って！　それよりトランクを閉めてちょうだい、姉さんが出てこないうちに。

スタンリーはトランクを蹴《け》とばして半閉じにし、台所のテーブルに腰かける。

スタンリー　コワルスキー家の人間とデュボア家の人間とは、考えかたがちがうんだ。
ステラ　（怒って）そりゃあちがうわよ、ありがたいことに！　――あたし、外に出るわ。（白い帽子と手袋をつかみ、表のドアへ行く）あんたもいらっしゃい、ブランチが着がえるあいだ。
スタンリー　いつからおまえ、おれに命令するようになったんだい？
ステラ　ここにいて姉さんを侮辱するつもり？
スタンリー　そのとおり、ここにいるつもりだよ、おれは。

ステラはポーチに出る。ブランチが赤いサテンのローブをはおってバスルームから出てくる。

ブランチ　（軽やかに）あーら、スタンリー！　いかがかしら、いまの私、お風呂からあがって、香水をふりかけて、新しい人間に生まれかわったみたいな気持！

スタンリーはタバコに火をつける。

スタンリー　そいつは結構。

ブランチ　（窓のカーテンを閉めながら）失礼して着がえさせていただくわ、きれいな新しいドレスに!!

スタンリー　どうぞ、ご遠慮なく。

ブランチは二つの部屋のあいだの仕切り幕を閉める。

ブランチ　今夜はポーカー・パーティーですってね、私たちレディーのご出席を心からお待ちしておりませんっていう。

スタンリー　（険悪に）それで？

ブランチはローブを脱ぎ、花模様のプリントのドレスを着る。

ブランチ　ステラは？
スタンリー　ポーチに出てる。
ブランチ　ではあなたにお願いすることになりそうだわ。
スタンリー　なんだい、お願いって？
ブランチ　背中のボタン！　どうぞお入りになって！

スタンリーは仕切り幕を分けて、むっとした表情で入る。

どうかしら、私？
スタンリー　いいよ、なかなか。
ブランチ　どうもありがとう。では、ボタン。
スタンリー　おれにはむりだ、そいつは。
ブランチ　男のかたって、太くて不器用な指をしてらっしゃるから。そのタバコ、一口いいかしら？
スタンリー　自分で一本つけたらいいだろう。
ブランチ　それはどうも……まあ、私のトランク、爆発したみたい。

スタンリー　ステラと二人で荷造りを解く手伝いをしてやったんだ。
ブランチ　迅速かつ完璧《かんぺき》なお仕事ぶりねえ！
スタンリー　パリのしゃれた店からごっそりかっさらってきたみたいだな。
ブランチ　ハハハ！　ほんとね——衣装は私のいのちなの。
スタンリー　ああいう長ァい毛皮はいくらぐらいするもんかね？
ブランチ　あら、これはみんな私のボーイフレンドからのプレゼント。
スタンリー　その男はありあまるほどもってたんだな——ガールフレンドへの情熱を！
ブランチ　これでも私、若いころには男のかたの情熱を少しはかき立てたものよ。いまはごらんのとおりだけど！　(輝くようにほほえみかける) ご想像できるかしら、この私にもかつて——魅力的と思われた時代があったなんて？
スタンリー　いまだって悪かないぜ。
ブランチ　お世辞の一つも言ってくれるかと期待してたのに。
スタンリー　そういうばかなまねはしないことにしてるんでね。
ブランチ　ばかな——まね？
スタンリー　女にむかってきれいだのどうのってお世辞を言うことさ。人に言われなきゃあ自分がきれいかどうかわからんような女には、まだお目にかかったことがないね、おれは。実際以上にしょってる女ならいるがね。昔つきあってた女の子で、しょっちゅう「あたしグラマーでしょ、グラマーでしょ」って言うのがいた、おれは言ってやったよ、「だからどうなんだ？」ってね。
ブランチ　そしたら、その人、なんて？
スタンリー　なんにも。はまぐりみたいに口をつぐんじまったよ。
ブランチ　それでお二人のロマンスは終わったの？
スタンリー　それで二人のおしゃべりが終わった、それだけのことさ。そういうハリウッド型グラマーに迷うやつもいるが、迷わない男だっているんだ。
ブランチ　あなたは後者に属するのね。
スタンリー　そうさ。
ブランチ　どんな魔女のような女だって、あなたを迷わせることはできそうもないわ。
スタンリー　そりゃあ——そうさ。
ブランチ　あなたは単純で、率直で、正直で、それに少うし原始的なほう。だからあなたの気をひくには、女はどうしても——（あいまいな身ぶりをしてことばをとぎらせる）
スタンリー　（ゆっくり）スパッと——手の内をさらすしかない。
ブランチ　（ほほえんで）ええ——ええ——手の内をね……たしかに、この人生にはつかみどころのないあいまいなものが多すぎるわ。私は強い、大胆な色、原始的な色彩で描く絵描《えか》きが好き。ピンクやクリーム色は好きになれない、人間もなまぬるい人は嫌《きら》いだったわ。だから、ゆうべあなたが帰ってらしたとき、胸のなかでつぶやいたの——「妹が選んだ相手は男のなかの男だわ」って——もちろんそれ以上私にはわかるはずないけど。

スタンリー　(わめく)もうたくさんだ、ばか話は！

ブランチ　(両手を耳にあてて)ああああ！

ステラ　(階段から呼ぶ)スタンリー！　出てらっしゃい、ブランチが着がえをすませるまで！

ブランチ　もうすんだわ。

ステラ　だったらあんたが出てらっしゃいよ。

スタンリー　おまえの姉さんとちょっと話をしてるんだ。

ブランチ　(気軽に)ステラ、お願い、ドラッグストアに行ってレモンコーラを買ってきてくれない、氷をたくさん入れて！　——いいでしょう、かわいいステラ？

ステラ　(あいまいに)いいわ。(建物の角をまわって退場)

ブランチ　かわいそうな子、ずっと立ち聞きしてたのね。あの子はあなたのことをよく理解してないと思うわ、私ほどには……では、ミスター・コワルスキー、議事を進行してください、言い抜けやごまかしはぬきにして。私はどんな質問にもお答えします。かくし立てするようなことはなに一つないんですから。さ、どうぞ。

スタンリー　当ルイジアナ州にはナポレオン法典ってものがある、それによれば、女房《にょうぼう》のものはすなわちおれのもので——逆もまた同じってわけだ。

ブランチ　まあ、こわい、まるで威厳にみちた裁判官！

香水吹きで自分に香水を吹きつけ、それからふざけてスタンリーにも吹きつける。彼は香水吹きを引ったくり、化粧机にパシッとおく。彼女はあおむいて笑う。

スタンリー　女房の姉さんだとわかってなけりゃあ妙な考え起こすとこだぜ！

ブランチ　たとえば？

スタンリー　白っぱくれるんじゃないよ、わかってるだろう！　どこにあるんだい、書類は？

ブランチ　書類？

スタンリー　書類さ！　ごたごた書いてある紙の束さ！

ブランチ　ああ、紙の束！　ハハハ！　最初の結婚記念日のプレゼントは、七色の紙の束だったわ！

スタンリー　おれが言ってるのは法律上の書類のことだ、ベルリーヴ売却に関する。

ブランチ　その書類ならあったわ。

スタンリー　あったって言うのはもうないってことか？
ブランチ　多分まだあるわ、どこかに。
スタンリー　だがトランクのなかじゃない。
ブランチ　私の持物はみんなトランクのなかよ。
スタンリー　そんなら捜してみようじゃないか。（トランクのところに行って、乱暴に押し開け、なかの仕切りを開けはじめる）
ブランチ　なにを考えてらっしゃるの、いったい？　その子供みたいな頭の底にどんな考えがあるっていうの？　私が妹を裏切って、なにかを持ち逃げしてるとでも？　私がやります！　そのほうが早いし、かんたんでしょ……（トランクのところに行って真鍮《しんちゅう》の箱をとり出す）書類はたいていこの金庫のなか。（箱を開ける）
スタンリー　その下のやつは？（別の紙束を指さす）
ブランチ　これは、歳月をかさねて黄ばんでしまったラヴレター、みんな一人の人からもらったもの。（スタンリーはそれを引ったくる。激しい口調で）返してちょうだい！
スタンリー　まずこいつを見たいんだ！
ブランチ　あんたに触わられたら汚《けが》れるわ！
スタンリー　つけあがるんじゃないよ！

彼はリボンを引きちぎり、手紙を調べはじめる。ブランチが奪い返そうとすると、手紙は床になだれ落ちる。

ブランチ　あんたに触わられたから、もう焼いてしまいます。

スタンリー　(気勢をそがれて、目をむき) なんだい、これ？

ブランチ　(床にかがみこんで、手紙を拾い集めながら) 詩です、いまは亡《な》きある少年の書いた詩。その人の心を私は傷つけてしまった、いまあなたが私にたいしてしようとしているように。でも私を傷つけることはできません！　私はもう若くはないし、傷つきやすい年ごろはすぎました。でも私の夫は若かったし、私は——よしましょう、そんな話！　それを返して！

スタンリー　どういうことだい、焼いてしまうって？

ブランチ　ごめんなさい、きっとわけがわからなくなってしまったのよ。だれにでもあるでしょう、人に触わられたくないものが、自分の——胸の底に秘めておきたいものが……

ブランチは疲労のあまり気が遠くなりそうに見える。手さげ金庫をもったまま腰をおろし、眼鏡をかけ、書類の山を整理しはじめる。

アンブラー・アンド・アンブラー。えぇーと、これは……クラブトリー……これも、アンブラー・アンド・アンブラー。
スタンリー　なんだい、アンブラー・アンド・アンブラーって？
ブランチ　屋敷を抵当にしてお金を借りた会社の名前。
スタンリー　やっぱり抵当に入れてとられたんだな？
ブランチ　(額《ひたい》に手をあてて) そういうことでしょう、きっと。
スタンリー　きっととかおそらくとか、もってまわった言いかたはよすんだな！　あとの書類は？
ブランチは金庫ごとスタンリーに渡す。彼はそれをテーブルにもって行き、書類を調べはじめる。
ブランチ　(別の書類を入れた大きな封筒をとり出し) 書類なら何千枚でもあるわ、何百年もかかって、少しずつ、ベルリーヴを食いつぶしてきた書類なら！　私たちの先祖が、思慮も分別もなしに、祖父だの父だの叔父だの兄弟だのが、土地と引きかえに次から次へ、女狂いの一大叙事詩——はっきり言ってそう！　(疲れたように笑いながら眼鏡をはずす）そしてとうとう、最後に残ったのは——ステラにきけばわかるわ！——あの屋敷と、二十エーカーほどの土地だけ、それも、ステラと私以外の身内全部が眠っている墓地もふくめてよ。（封筒の中身をテーブルにどさっとあける）これがその書類、全部そろってるわ！　つつしんであなたにさしあげます。お受けとりの上、熟読なさいますよう——暗記するまで！　こうして一束の古文書《こぶんしょ》となり、あなたの大きな頼もしいお手にゆだねられるとは、ベルリーヴの最期《さいご》にいかにもふさわしい！　……ステラはまだかしら、レモンコーラ頼んだのに……（椅子《いす》の背にもたれ、目を閉じる）

スタンリー　知りあいの弁護士に、こいつをよく調べてもらおう。

ブランチ　頭痛薬を添えて渡すことね。

スタンリー　（やや気弱になって）だっていいか、ナポレオン法典のもとでは——夫は妻の財産に関心をもつ義務があるんだよ——特に間《ま》もなく赤ん坊が生まれようってときにはな。

ブランチは目を開ける。〈ブルー・ピアノ〉の音が高くなる。

ブランチ　ステラに！　ステラに赤ちゃんが？　（夢見るように）知らなかったわ、ステラに赤ちゃんができるなんて！

ブランチは立ちあがり、表のドアへ行く。ステラがドラッグストアの紙容器をもって、角をまわって現われる。

スタンリーは封筒と金庫をもって、寝室に入る。

室内の照明は溶暗し、この建物の外壁が見えてくる。ブランチは階段を歩道へおりたところで、ステラと出会う。

ブランチ　ステラ、お星様のステラ！　なんてすばらしいんでしょう、赤ちゃんができるなんて！　（ステラを抱擁する。ステラはふとすすり泣きをもらして、抱擁し返す。やさしい口調で）だいじょうぶよ、なにもかも。私たち、徹底的にやりあったの。まだ少しふるえてるけど、みごとにやってのけたと思うわ、私。冗談にして笑いとばしてやったわ、あの人のこと子供みたいと言ったり、笑ったり――いちゃついてみたりして！　そう――あんたのご主人といちゃついたのよ、ステラ！

スティーヴとパブロがビールの箱をもって現われる。

ポーカー・パーティーのお客様ね。

　二人の男は彼女たちのあいだを通り、チラッと好奇の目をブランチにむけ、家に入る。

ステラ　ごめんなさいね、うちの人があんなことをして。

ブランチ　あの人はただジャスミンの香水に興味をもつタイプじゃないっていうだけのこと！　でも、ベルリーヴをなくして、私たちを守ってくれるベルリーヴなしで生きていかなきゃならないいまの私たちには、ああいう人の血をまぜる必要があるのかもしれない……なんてきれいな空！　ロケットに乗って飛んで行きたいわ、二度と地上にもどらないロケットに。

　タマーリ（訳注　ひき肉をとうもろこし粉でくるんでゆでるか焼くかしたメキシコ料理）売りが角をまわって現われながら呼び声をあげる。

物売り　タマーリ！　タマーリ！

　ブランチは鋭いおびえたような叫び声をあげて、あとずさりする、それからまた息を切らして笑う。

ブランチ　私たちどっち へ——行くの——ステラ？

物売り　タマアアアリ！

ブランチ　盲人が——盲人を手引きして！

二人は角をまわって消える、ブランチの思いつめたような笑い声がもう一度ひびいてくる。

やがてアパートの室内から吠《ほ》えるような笑い声。それから〈ブルー・ピアノ〉とトランペットの音が高くなる。

第三場

ポーカーの夜。

ヴァン・ゴッホの絵に、夜のビリヤード室を描いたものがある。いま台所は、その絵を思わせるように、けばけばしい夜の輝き、子供の色彩感覚のようななまなましい色に満ちあふれている。台所のテーブルにかけられた黄色いリノリウム布の上には、鮮明な緑色のガラスのシェードをつけた電球が吊《つ》るされている。ポーカーをしている連中――スタンリー、スティーヴ、ミッチ、パブロの四人――は、それぞれ、青の無地、紫、赤と白のチェック、薄緑の、カラー・シャツを着ている。四人とも肉体的に男盛りの頂点にあって、原色のように粗野で直情的で力にあふれている。テーブルの上には、色あざやかな西瓜《すいか》の薄切りと、ウイスキー瓶《びん》とグラスがおいてある。寝室のほうは比較的薄暗く、台所との仕切り幕のあいだからもれる光と、街路に面した広い窓からさしこむ光しかない。

カードが配られるあいだ、一瞬、それに気をとられた沈黙がある。

スティーヴ　この回にはドラ札《ふだ》があるのか？

パブロ　片目のジャックだ。
スティーヴ　二枚くれ。
パブロ　おまえは、ミッチ？
ミッチ　おりた。
パブロ　おれは一枚。
ミッチ　飲むやついるか？
スタンリー　ああ、おれ。
パブロ　だれか中華料理屋へ行って、チャプスイ買ってこねえかな。
スタンリー　おれが負けてくると、きまって食いたがるんだな、おまえってやつは！　さあ、賭《か》けた！　だれからだい？　ケツをどけな、ミッチ。テーブルにのっけていいのは、カードとチップとウイスキーだけだ。

スタンリーはよろよろと立ちあがって、西瓜の皮を床にはらい落とす。

ミッチ　えらい鼻息だな、え？
スタンリー　何枚？
スティーヴ　三枚。

スタンリー　おれは一枚。
ミッチ　またおりるよ。そろそろ帰らなきゃあ、おれ。
スタンリー　ばか言うな。
ミッチ　おふくろが病気でな。おれが帰るまで眠らないんだ。
スタンリー　だったらはじめっから家にいてやりゃあいいじゃねえか！
ミッチ　おふくろが出かけろって言うんだよ、だから出かけてきたんだが、どうも気がのらないんでな。しょっちゅうおふくろのことが頭にひっかかって。
スタンリー　よおしわかった、そんならとっとと帰りゃいいだろう！
パブロ　おまえの手は？
スティーヴ　スペードのフラッシュ。
ミッチ　おまえたちはみんな女房《にょうぼう》がいるが、おれはおふくろに死なれると一人ぼっちになるんだぜ——便所へ行ってくる。
スタンリー　早く帰ってこいよ、おしゃぶり用意しといてやるからな。
ミッチ　うるさい野郎だな。(寝室を通ってバスルームに入る)
スティーヴ　(カードを配りながら) セブン・ポーカーでいくぜ。(配りながら笑い話をはじめる) 百姓の爺《じい》さんがさ、裏庭で鶏にトウモロコシ投げてやってた。そこへだしぬけに、コケーッコココと大声でわめきながら、若《わか》え雌鶏《めんどり》が角をまわって一目散に逃げてきた、そのあとから雄鶏《おんどり》が猛烈な勢いで追いかけてくるんだ。

スタンリー　（その話にいらいらして）さっさと配れよ！

スティーヴ　ところがその雄鶏のやつ、爺さんがトウモロコシまいてるのを見ると、急ブレーキかけて雌鶏をそのまま逃がしちまい、餌《えさ》を突っつきはじめた。そこで爺さん、なんて言ったと思う、「やれやれ、わしゃあ、ああまで腹をへらしたくねえもんだ！」

スティーヴとパブロは笑う。ブランチとステラが角をまわって現われる。

ステラ　まだやってるわ。

ブランチ　どうかしら、私？

ステラ　きれいよ、ブランチ。

ブランチ　あんまり暑くて、もうくたくた。ドアを開けるのちょっと待って、顔をなおすから。くたびれた顔色してるでしょ？

ステラ　とんでもない、生き生きとしてるわよ、雛菊《ひなぎく》みたいに。

ブランチ　何日か前に摘んだ雛菊ってとこね。

ステラがドアを開け、二人は入る。

ステラ　おやおや、まだやってるの。
スタンリー　どこへ行ってきた？
ステラ　二人でショーを見てきたわ。ブランチ、こちらはゴンザレスさん、それからハベルさん。
ブランチ　どうぞ、お立ちにならないで。
スタンリー　お立ちになるやつなんかいやしねえよ、心配しなさんな。
ステラ　いつまでやるつもり？
スタンリー　やめるまでだ。
ブランチ　ポーカーってとってもおもしろそう。のぞいていてもいいかしら？
スタンリー　よくないね。女は二階へ行ってユーニスとおしゃべりでもしてるんだな。
ステラ　だってもうそろそろ二時半よ。（ブランチは寝室へ行って、仕切り幕をなかば閉じる）あと一回でおしまいにしてくれない？
椅子のきしる音がして、スタンリーがステラの太腿《ふともも》をピシャッとたたく。
ステラ　（鋭く）冗談はよしてよ、スタンリー。

男たちは笑う。ステラは寝室に入る。

ステラ　ほんとに頭にくるわ、人前であんなことされると。
ブランチ　お風呂《ふろ》に入ろうかしら。
ステラ　また？
ブランチ　神経が疲れきってしまって。バスルーム、あいてる？
ステラ　さあ。

ブランチはノックする。ミッチがドアを開けて出てくる、タオルで手をふきながら。

ブランチ　あら！　――こんばんは。
ミッチ　こんばんは。（彼女を見つめる）
ステラ　ブランチ、こちらはハロルド・ミッチェル。姉のブランチ・デュボアよ。
ミッチ　（ぎごちない丁重さで）はじめまして、ミス・デュボア。
ステラ　お母さんのぐあいはいかが、ミッチ？
ミッチ　うーん、あいかわらずさ。あんたに送ってもらったカスタード、大喜びしてたよ

――では、失礼します。

彼はゆっくり台所へもどりながら、ブランチをチラッとふり返り、ややはにかんだように咳払《せきばら》いをする。まだタオルを手にしていたことに気づき、きまり悪そうに笑い、それをステラに渡す。ブランチはかなり興味をもって彼を見送る。

ブランチ　どうやらあの人――ほかよりましなようね。
ステラ　うん。
ブランチ　感受性の強そうな顔立ちをして。
ステラ　お母さんが病気なの。
ブランチ　奥さんは？
ステラ　まだ。
ブランチ　女たらし？
ステラ　まあ、ブランチったら！（ブランチは笑う）そんなことないと思うわ。
ブランチ　なにを――なにをしてる人？

ブランチはブラウスのボタンをはずしている。

ステラ　部品課の精密検査係。スタンリーが外交をしてる工場の。
ブランチ　重要なお仕事？
ステラ　ううん。スタンリーだけよ、仲間のうちでものになりそうなのは。
ブランチ　どうしてスタンリーが？
ステラ　見てごらんなさいよ、あの人。
ブランチ　見たわ。
ステラ　ならわかるでしょ。
ブランチ　残念ながら私、スタンリーの額《ひたい》に天才の印が押してあるようには見えなかったわ。

ブランチはブラウスを脱ぎ、ピンクの絹のブラジャーと白いスカートだけで、仕切り幕からもれる光のなかに立つ。ポーカーは小声で続けられている。

ステラ　額にはなにも押してないわよ、それに天才でもないし。
ブランチ　じゃあなんなの？　どこを見ればいいの？　教えてほしいわ。
ステラ　エネルギーよ、あの人の。そこにいると丸見えよ、ブランチ！
ブランチ　まあ！

ブランチは黄色い光の筋から身を引く。
ステラはドレスを脱いで、薄青のサテンのキモノふうガウンを着ている。

ステラ　(少女っぽく笑って)あんたに見せたいわ、あの連中の奥さん。
ブランチ　(笑いながら)想像できるわ。たくましくてでっぷりした人たち、でしょ。
ステラ　二階の人、見た？　(さらに笑う)いつだったか(笑いながら)天井のしっくいが——(笑いながら)ポロポロって——
スタンリー　うるせえぞ、そっちの雌鶏《めんどり》！
ステラ　なによ、聞こえないくせに。
スタンリー　おれの声は聞こえるだろう、だから黙れってんだ！
ステラ　ここはあたしのうちよ、好きなだけしゃべるわ！
ブランチ　ステラ、喧嘩《けんか》はよして。
ステラ　だいぶ酔っぱらってるのよ！——すぐ出てくるわ。

ステラはバスルームに入る。ブランチは立ちあがり、ぶらぶらと歩いて白い小型ラジオのところへ行き、スイッチを入れる。

スタンリー　よおしこい、ミッチ、やるのか？
ミッチ　ん？　ああ——いや、おれはおりる。

ブランチはまた光の筋のなかに入る。両腕をあげてのびをしながら、ぶらぶらと椅子《いす》にもどる。
ラジオからルンバの曲が流れる。テーブルのところでミッチが立ちあがる。

スタンリー　だれだ、ラジオなんかつけたのは？
ブランチ　私。いけなかったかしら？
スタンリー　消せ！
スティーヴ　いいじゃねえか、女たちには音楽でも聞かしとけよ。
パブロ　そうだそうだ、つけといてくださいよ！
スティーヴ　ザビア・クガートだな、あの演奏は。

スタンリーは跳ね起きると、ラジオのところへ行ってスイッチを切る。椅子に腰かけているブランチを見て、急に立ちどまる。ブランチはひるまずに見返す。彼はまたポーカー・テーブルにもどって腰をおろす。
男たちの二人が激しい口論をはじめている。

スティーヴ　知らねえなあ、おめえが言ったなんて。

パブロ　ちゃんと言ったろうが、なあ、ミッチ？

ミッチ　聞いていなかったんだ、おれ。

パブロ　じゃあなにしてたんだ、おめえ？

スタンリー　こいつはカーテンの隙間《すきま》からむこうをのぞいてたのさ。（跳ね起きると、乱暴に仕切り幕を閉める）さあ、配りなおせよ、やるんなら気を入れてやろうぜ。勝ってくるともじもじしはじめるやつがいるからな。

スタンリーが席にもどると、ミッチが立ちあがる。

スタンリー　（どなる）すわっとれ！

ミッチ　しょんべんだ。おれは抜かしといてくれ。

パブロ　ふん、もじもじしやがって。五ドル紙幣を七枚、ズボンのポケットにしっかりたたみこみやがったからなあ。

スティーヴ　明日になりゃあきっと、会計の窓口へ行って、全部二十五セント銀貨に両替えするだろうぜ。
スタンリー　そいつをもって帰ると、クリスマス・プレゼントにおふくろさんからもらった豚の貯金箱に一枚、二枚って数えながら入れるんだってさ。(配りながら) 今度のゲームはスピット・イン・オーシャン(訳注　最後の一枚をそれぞれ表にして配るポーカーの一種)でいこう。

ミッチはバツが悪そうに笑って、仕切り幕を分ける。寝室に入ったところで立ちどまる。

ブランチ　(そっと) あら!　お手洗はいまふさがってますわ。
ミッチ　おれたち——ビールをやってるもんで。
ブランチ　ビールは私、大嫌《だいきら》い。
ミッチ　でも——暑いときにはいいですよ。
ブランチ　そうかしら、飲むとますます暑くなるように思うけど。タバコ、おもち?　(彼女は濃い赤のサテンのガウンをはおっている)
ミッチ　ええ。
ブランチ　なにかしら?

ミッチ　ラッキー・ストライク。

ブランチ　よかった。まあ、きれいなケース。銀でしょう。

ミッチ　ええ。そうです。その文句、読んでみてください。

ブランチ　あら、字が彫ってあるの？　よく読めないわ。（ミッチはマッチをすって近づく）まあ！（わざと読みにくそうにして）

「神のみ心とあらば、

死後もなおあなたを――愛し続けん」

ブラウニング夫人の詩ね、私の大好きなソネット！

ミッチ　ご存じでしたか？

ブランチ　もちろん！

ミッチ　それにまつわる物語がありましてね。

ブランチ　ロマンス？

ミッチ　ええ、悲しいロマンスです。

ブランチ　と言うと？

ミッチ　その娘《こ》は死にました。

ブランチ　（深い同情をこめて）まあ！

ミッチ　それをくれたとき、もう死ぬって自分でわかってたんです。ちょっと変わった娘《こ》で、とってもやさしかった——とっても！
ブランチ　あなたがお好きだったのね、その人。人間って病気になると、真心からの愛情が湧《わ》いてくるものだわ。
ミッチ　たしかに、そのとおりです。
ブランチ　悲しみが真心を育てるのだと思うわ。
ミッチ　そう、それが人間です。
ブランチ　真心をもってる人って数少ないけど、みんな悲しみを経験した人たちね。
ミッチ　おっしゃるとおりです、まったく。
ブランチ　絶対にそう。悲しみというものを知らない人は、きまって軽佻《けいちょう》フハフ、、——まあ、私ったら！　舌が——もつれてしまって！　あなたがたのせいよ、だってショーは十一時に終わったのに、ポーカーをやってらっしゃるから、まっすぐ帰っては悪いでしょう、そこでやむをえずちょっと飲みに立ち寄ったってわけ。私はふつう、一杯だけしかいただかないの。二杯が限度——それを三杯も！　（笑う）今夜は三杯もいただいてしまったわ。
スタンリー　ミッチ！
ミッチ　抜かしといてくれ。おれ、いま話をしてるんだ、こちらのミス——
ブランチ　デュボア。

ミッチ　ミス・デュボア？
ブランチ　フランス系の名前よ。森という意味。ブランチは白、だからあわせると、白い森。春の果樹園のよう！　覚えやすいでしょ。
ミッチ　フランス系ですか？
ブランチ　ええ、血筋は。アメリカに渡ってきた最初の先祖は、フランスのユグノー教徒だったの。
ミッチ　ステラとはごきょうだいでしたね？
ブランチ　ええ、ステラは私の大事なかわいい――あら、かわいいだなんて、私より年上なのに。ほんのちょっと。一年たらず。あの、あなたにお願いしていいかしら？
ミッチ　なんです？
ブランチ　さっきバーボン通りの中国人の店で、こんなすてきなかわいらしい色提灯《いろぢょうちん》を買ってきたんだけど、これをあの電球にかけてほしいの！　やってくださる？
ミッチ　いいですよ。
ブランチ　裸電球って、私、がまんできないわ、乱暴なことばや下品なふるまいと同じように。
ミッチ　（提灯をとりつけながら）きっとおれたちのこと、無作法なやつらだとお思いでしょうね。

ブランチ　私はすぐになれてしまうほう——どんな環境にも。
ミッチ　そりゃあいいな。スタンリーとステラに会いにいらしたんでしょう？
ブランチ　最近ステラのぐあいがあまりよくないので、しばらく手伝ってあげようと思って。だいぶ弱ってるの。
ミッチ　あなたはまだ——？
ブランチ　結婚？　いいえ、私はオールドミスの学校教師！
ミッチ　学校の先生かもしれないが、オールドミスなんかじゃありませんよ、絶対。
ブランチ　まあ、嬉《うれ》しい！　ご親切なおことば、ありがたくお受けするわ！
ミッチ　そうですか、教育者なんですね、あなたは？
ブランチ　ええ、まあ、そう……
ミッチ　小学校ですか、それとも高等学校——
スタンリー　（どなる）ミ、ッ、チ！
ミッチ　い、い、い、すぐ行くったら！
ブランチ　まあ、すごい肺活量……私、高校で教えているのよ。ローレルの。
ミッチ　なんです？　科目は？
ブランチ　あててごらんなさい！
ミッチ　絵か音楽、あたったでしょう？　（ブランチは優雅に笑う）ちがったか、やっぱり。

もしかしたら、数学かな？

ブランチ　まさか、数学だなんてまっぴら！　（笑いながら）だいいち、私、九九だってろくに覚えていないぐらいだもの！　私はね、不幸なことに、英語の教師。ドラッグストアにたむろするロミオたちや、ソックスをはいたジュリエットたちに、ホーソンやホイットマンやポーにたいする尊敬の念を植えつけようとしているのよ！

ミッチ　ほかのことにもっと興味をもつ生徒もいるんでしょうね？

ブランチ　それはそう！　自分たちの文学遺産をなによりも大切にしよう、なんて思う生徒はまずいないわ！　でもかわいいものよ、生徒たちって！　春になって、生まれてはじめて恋を知るあの子たちを見ていると、胸にジーンとくるわ！　まるで恋を見つけたのは自分がはじめてだ、みたいな顔をして！

バスルームのドアが開いて、ステラが出てくる。ブランチはなおミッチに話し続ける。

あら、すんだの？　ちょっと待って――ラジオをつけましょう。

ブランチがラジオのスイッチをまわすと、〈ウィーンよ、ウィーンよ、ただおまえのみ〉（Wien, Wien, nur du allein）が流れはじめる。彼女はロマンティックな身ぶりでその曲にあわせてワルツを踊る。ミッチは嬉しがり、不器用にまねをして、踊る熊《くま》のように動きまわる。
スタンリーが猛然と仕切り幕を押し分けて寝室に踏みこむ。白い小型ラジオのところへ行き、テーブルからそれを引ったくる。大声でののしると、ラジオを窓から外へほうり出す。

ステラ　酔っぱらい、酔っぱらいの――けだもの！（ポーカー・テーブルのところに駆け寄る）みんなもう――帰ってよ！　礼儀ってものが一かけらでもあるなら――

ブランチ　（狂気のように）気をつけて、ステラ、あの人が――

スタンリーが背後からステラに襲いかかる。

男たち　（元気なく）よせよ、スタンリー。おい、怒るな怒るな。おれたちはもう――

ステラ　さあ、ぶてるもんならぶつといいわ、そしたらあたし――

ステラはあとずさりして見えなくなる。スタンリーもあとを追って見えなくなる。なぐる音。ステラの叫び声。ブランチは悲鳴をあげて台所へ駆けこむ。男たちは飛びこんで行く。つかみあいののしりあう物音。なにかが引っくり返って砕ける音。

ブランチ　(甲高い声で) ステラのおなかには赤ちゃんがいるのよ！

ミッチ　そりゃあたいへんだ。

ブランチ　気ちがいだわ、気ちがいというほかないわ！

ミッチ　おい、ここへ引っぱってこい。

スタンリーが、二人の男に腕をおさえられて、寝室に引きずりこまれる。彼は二人を投げ飛ばしそうに暴れるが、急におとなしくなり、二人につかまれたままぐったりする。

男たちが静かにやさしく話しかけると、彼はその一人の肩に顔を伏せる。

ステラ　(姿を見せないまま、高い上ずった声で) 出て行くわ、あたし、こんなとこ出て行くわ！

ミッチ　ポーカーは女のいる家でやるもんじゃないな。

ブランチは寝室へ駆けこむ。

ブランチ　ステラの服はどこ？　私たち、二階の人に頼んで泊めてもらいます！
ミッチ　えーと、服は――？
ブランチ　（戸棚《とだな》を開けて）あったわ！　（ステラに駆け寄って）ステラ、ステラ、かわいいステラ！　もうこわがらなくていいのよ！

ブランチは両腕でステラを抱きかかえるようにして、ドアから外に出、二階へ連れて行く。

スタンリー　（ものうげに）どうしたんだ、どうなったんだ？
ミッチ　おまえがドカーンと爆発しただけさ、スタン。
パブロ　もうだいじょうぶだろうな、こいつ。
スティーヴ　ああ、だいじょうぶだ。
ミッチ　ベッドに寝かしてやれ、ぬれタオルで頭を冷やすんだ。
パブロ　こういうときはコーヒーがきくぜ。
スタンリー　（こもった声で）水くれ。
ミッチ　シャワーをぶっかけろ！

男たちは静かにしゃべりながら、スタンリーをバスルームに連れて行く。

スタンリー　放せ、畜生！

なぐりあう音。勢いよくほとばしる水の音。

スティーヴ　早いとこ帰っちまおうぜ！

男たちはポーカー・テーブルに駆け寄り、それぞれの取り分をかき集め、出て行く。

ミッチ　（悲しげに、だがきっぱりと）ポーカーは女のいる家でやるもんじゃない。

男たちが出て行ってドアが閉まると、家のなかは静かになる。角をまわった先の酒場で、黒人の楽師たちがゆるやかにもの悲しげに〈ペーパー・ドール（訳注 ブルースの曲名）〉を演奏している。

しばらくして、スタンリーがバスルームから水をポタポタたらしながら出てくる、ぐしょぬれの水玉模様のパンツが肌《はだ》にまつわりついたままである。

スタンリー　ステラ！　(間《ま》) おれの女房《にょうぼう》がおれをおいて出て行きやがった！　(突然泣きじゃくり出す。それから電話のところへ行って、ダイヤルをまわす、すすり泣きでからだをふるわせながら) ユーニス？　女房を出してくれ！　(一瞬待つ。それから電話を切って、またダイヤルをまわす) ユーニス！　女房が出るまでなんべんでもかけるぞ！

よく聞きとれない甲高い声がする。彼は受話器を床にほうり捨てる。金管楽器とピアノの不協和音がひびくなかで、室内は溶暗し、外壁が夜の明かりに浮かび出てくる。〈ブルー・ピアノ〉がわずかなあいだ流れてくる。

やがてスタンリーは半裸のままよろめきながらポーチに出、木造の階段をおり、建物の前の舗道に立つ。そこで彼は吠《ほ》えたける猟犬のように天を仰ぎ、大声で妻の名を呼ぶ、「ステラ！　ステラ！　おーい、ステラ！」

スタンリー　ステ・ラアアアアアア、、、、、、、、、、！

ユーニス　(二階のドアから下にむかって) うるさいねえ、どなってないで寝たらどうなのさ！
スタンリー　女房を返してくれ。ステラ、ステラ！
ユーニス　およしったら、どうせ帰らないんだから。いいかげんにしないとお巡《まわ》りを呼ぶよ！
スタンリー　ステラ！
ユーニス　女房をなぐっといて帰れだなんてよく言えたもんだね！　帰るもんか！　もうすぐ赤ん坊の生まれるからだだっていうのに！　……あんたなんかね、ごろつきだよ！　犬畜生のポーラックだよ！　みんなで引っつかまえて、ホースで水ぶっかけりゃあいいんだ、こないだみたいに！
スタンリー　（しょげて）ユーニス、女房を返してくれ、頼む！
ユーニス　ふん！　（ドアをピシャッと閉める）
スタンリー　（天をも突《つ》ん裂《ざ》く激しさで）ステ・ラアアア、、、、、、、、アア！

うめくような低音のクラリネット。二階のドアがふたたび開く。ステラがローブ姿でがたついた階段をそっとおりてくる。目は涙で光り、髪はほどけて喉《のど》や肩にまとわりついている。二人は見つめあう。やがて低い動物のようなうめき声をあげて二人は駆け寄る。彼は階段に両膝《りょうひざ》をつき、妊娠してややふくらんだ彼女の腹に、顔を押しつける。彼女はあふれる愛情に目も見えなくなり、彼の頭をつかんで立ちあがらせる。彼はさっと網戸を開け、彼女を抱きあげて暗い室内にはこんで行く。
ブランチがローブ姿で二階の踊り場に現われ、おそるおそるそっと階段をおりてくる。

ブランチ　どこなの、私のかわいいステラは？　ステラ、ステラ？

彼女は妹の家の暗い入口の前に立ちどまる。そして、なにかに打たれたようにハッと息をのみ、建物の前の歩道まで駆けおりる。彼女は安全なかくれ場所を捜すかのように左右を見まわす。
音楽が次第に消える。ミッチが角をまわって現われる。

ミッチ　ミス・デュボア？
ブランチ　ああ！
ミッチ　南北戦争は無事終結ですか？
ブランチ　ステラったら、駆けおりて、入って行ったのよ、いっしょに。
ミッチ　そうでしたね。
ブランチ　私、こわい！

ミッチ　ハッハッハッ！　こわがることなんてありませんよ。おたがいに夢中なんです、あの二人は。
ブランチ　私、はじめてだわ、あんな――
ミッチ　まったく恥っさらしです、お着きになったとたんにこんな騒ぎを起こすなんて。でも気になさることはありません。
ブランチ　あんな暴力！　まるでもう――
ミッチ　階段に腰をおろして、タバコでも吸いましょう、いっしょに。
ブランチ　でも私、こんな身なりで。
ミッチ　どんな身なりだって平気ですよ、このフレンチ・クォーターでは。
ブランチ　ほんと、すてきねえ、その銀のケース。
ミッチ　なかの詩はお見せしましたね？
ブランチ　ええ。（間。空を見あげる）世の中にはずいぶん――ずいぶんひどいことがあるものね……（彼はおずおずと咳払《せきばら》いする）ご親切にしてくださってありがとう！　いまの私に必要なのは、人の親切なの。

第四場

翌日の朝早く。街のざわめきが詠唱歌のように入り乱れて聞こえてくる。

ステラが寝室で寝ている。早朝の日の光を受けて、安らかな澄んだ寝顔をしている。一方の手は、妊娠のためややふくらんだ腹の上におかれ、もう一方の手からは、色刷りの漫画本が垂れさがっている。目と唇《くちびる》のあたりには、東洋の仏像の顔に見られるような、恍惚《こうこつ》とした静けさがただよっている。

食卓の上は、朝食のあとや前夜のなごりで散らかっている。バスルームの敷居に、スタンリーのけばけばしい色のパジャマが脱ぎすてられている。

表のドアはやや開かれていて、そこから輝くような夏の空が見える。

ブランチがそのドアに現われる。眠れぬ夜をすごしたため、彼女の様子はステラとまったく対照的である。いらだたしげに拳《こぶし》を唇に押しあてながら、ドアのなかをのぞきこみ、それからなかに入る。

ブランチ　ステラ?

ステラ　（ものうげに身動きして）ん？

ブランチはうめくような声をあげて寝室に駆けこむと、ヒステリックな愛情の衝動にかられて、ステラの横に身を投げ出す。

ブランチ　ああ、ステラ、私のかわいい妹！

ステラ　（ブランチから身を引きながら）ブランチ、どうしたの、いったい？

ブランチはゆっくり身を起こし、ベッドの横に立ち、拳を唇に押しあてながら妹を見おろす。

ブランチ　出て行ったのね？

ステラ　スタン？　ええ。

ブランチ　もどってくる？

ステラ　車に油をさしに行っただけ。でも、なぜ？

ブランチ　なぜって？　私、気が狂うんじゃないかと思ったのよ、ステラ！　あんたがあんなめに会わされたあと、のこのこ引き返すなんて、正気の沙汰《さた》じゃないわ、だから私——あとを追って駆けこもうとしたの！

ステラ　よかった、そうしなくて。

ブランチ　あんた、どういうつもりだったの？　（ステラはあいまいな身ぶりをする）返事をなさい！　さあ、どうだったの？

ステラ　ブランチ！　そんな大声出さないで、すわってちょうだい。

ブランチ　いいわ、ステラ。それでは静かにいまの質問をくり返しましょう。いったいどういうわけで、ゆうべあんたはここへ引き返すなんてことができたの？　あんたったら、あの男と寝たにちがいないわ！

ステラは落ちついてゆっくり立ちあがる。

ステラ　姉さんが興奮しやすい性質《たち》だってこと、あたし、すっかり忘れてた。でもこんなことで、あんまり大騒ぎしないでよ、みっともないわ。

ブランチ　私が？

ステラ　そうよ、ブランチ。そりゃああんたがどう感じたかよくわかるし、あんなことになってすまないとは思うけど、あれはあんたの考えてるような深刻な問題じゃないのよ。だいいち、男の人がお酒を飲んでポーカーをやれば、なにが起こるかわかったもんじゃないわ。爆弾をかかえてるようなものよ、いつだって。ゆうべもあの人、なにがなにやらわからないであんなことしてしまったのよ……あたしが引き返したときはもう子羊のようにおとなしくなっていて、いまじゃあすっかり、心の底から後悔してるわ。

ブランチ　それで——それでいいの？

ステラ　そりゃあ、それでいいってことにはならないでしょう、あれだけ暴れまわったんだから、でも——世間ではよくあることよ。スタンリーって、ものをこわすのが癖なの。結婚式の晩なんかも——ここに入ったとたんに——あたしの靴《くつ》を片っぽひったくって、それで家じゅうの電球を片っぱしからガシャン、ガシャンよ。

ブランチ　なにを——なにをしたって？

ステラ　電球を片っぱしからたたきこわしたのよ、あたしの靴のかかとで！（笑う）

ブランチ　で、あんたそれを——させといたの？　逃げたり、大声をあげたりしないで？

ステラ　あたし——ちょっと——スリルを感じたわ。（一瞬黙って待つ）ユーニスのところで朝ごはんすませたんでしょ？

ブランチ　なにか食べる気になれると思って？

ステラ　ガスレンジにコーヒーが残ってるわ。

ブランチ　よくそんなに——平気でいられるのね、ステラ。

ステラ　ほかにどうしようがあって？　ラジオはあの人が修繕にもってってったわ。落ちたところが舗道の石の上じゃなかったんで、真空管が一本こわれただけ。

ブランチ　そう言ってニコニコしているなんて！

ステラ　じゃあどうしろって言うの？

ブランチ　目を覚まして、現実を直視しなさい。

ステラ　現実ってどうなってるの、姉さんのご意見では？

ブランチ　私の意見？　あんたは気ちがいと結婚してるってこと！

ステラ　ちがうわ！

ブランチ　ちがわないわ、あんたは私よりみじめな境遇にいるのよ！　ただあんたはそれに気がついていないだけ。私はこれでもなんとかしようとしている。気をとりなおして新しい生活を切り開こうとしている！

ステラ　それで？

ブランチ　ところがあんたは負けてしまっている。それではいけないわ。あんた、まだ若いんだし！　脱《ぬ》け出せるわ、いまからでも。

ステラ　（ゆっくり、力をこめて）あたしはね、いまなにかから脱け出したいなんて思ってないわ。

ブランチ　（信じられずに）な、なんですって？

ステラ　つまりね、あたしはいまの境遇から脱け出したいなんて思ってないの。見て、この部屋の散らかりよう！　あのあき瓶《びん》の山！　ゆうべ一晩でビール二箱！　あの人は今朝約束したわ、もう家でポーカーは絶対やらないって。もちろんそんな約束、いつまで守れるかあやしいもんだわ。ポーカーはあの人の楽しみなのよ、あたしたちの映画やブリッジみたいに。だからあたし、おたがいに相手の好みは大目に見るべきだと思うの。

ブランチ　私にはわからない。（ステラはブランチのほうにむきなおる）わからないわ、あんたのその無神経なところ。それがあんたの身につけた——東洋哲学？

ステラ　それって——なに？

ブランチ　その——いいかげんなものの言いかたよ——「真空管が一本こわれた」とか——「あき瓶の山」とか——「部屋の散らかりよう」とか——なによ、まるでなにごともなかったみたいに！

ステラはあいまいに笑い、箒《ほうき》を手にとって、両手でくるくるまわす。

ブランチ　わざと私の鼻先でふりまわすの、そんなもの？

ステラ　いいえ。

ブランチ　じゃ、よしてちょうだい。そんな箒、捨てなさい。あんな男のためにあんたが掃除することないわ！
ステラ　じゃあだれがやるの？　あんた？
ブランチ　私？　ばかばかしい！
ステラ　と言うと思ったわ。
ブランチ　ちょっと考えさせて、ああ、頭がはっきりしてくれるといいんだけど！　まず、お金を手に入れる、それしかない！
ステラ　お金はいつ手に入れたっていいものだわ。
ブランチ　ね、聞いて。いい考えがあるの。（ふるえる手でタバコをホールダーにさしこむ）シェップ・ハントレーって、覚えてるでしょ？　（ステラは首をふる）覚えてるはずよ、シェップ・ハントレー。大学時代の私のボーイフレンド。あの人のクラブのバッジをつけてたこともあったわ。それが――
ステラ　それが？
ブランチ　偶然出会ったのよ、去年の冬。クリスマス休暇に、私、マイアミに行ったでしょ？
ステラ　知らなかったわ。
ブランチ　行ったのよ、投資のつもりで、百万長者にめぐり会えるんじゃないかと思って。

ステラ　めぐり会えた？
ブランチ　会えたわ、シェップ・ハントレーに――クリスマス・イヴのたそがれどき、ビスケーン通りで……車に乗せてくれたわ――キャデラックのコンヴァーティブル、長さはおよそ十メートル！
ステラ　そんなに長かったら――不便でしょうね、車が混《こ》んでると。
ブランチ　あんた、油田《ゆでん》って知ってる？
ステラ　うん――噂《うわさ》に聞く程度だけど。
ブランチ　あの人は油田をもってるの、テキサスじゅういたるところに。テキサスは文字通り金貨を噴き出して、あの人のポケットに注ぎこんでるのよ。
ステラ　まあ。
ブランチ　私、お金には無関心なほうでしょ。それでなにが買えるか、ってことでしか考えない。でもあの人ならやってくれる、やってくれるわ、きっと！
ステラ　やってくれるって、なにを？
ブランチ　だから――私たちに――お店をもたせてくれること！
ステラ　なんのお店？
ブランチ　そりゃあ――なにかのお店よ！　奥さんが競馬で捨てるお金の半分もあればいいんだもの。

ステラ　奥さんがいるの？
ブランチ　いなかったら私がいまこんなところにいると思う？　（ステラはちょっと笑う。ブランチは突然勢いよく立ちあがり、電話のところへ行く。甲高い声で）電報局へお願いしたいんだけど！　もしもし、交換手さん！　電報局へ！
ステラ　それ、ダイヤル式よ。
ブランチ　ダイヤルなんて、私——
ステラ　ゼロをまわせばいいの。
ブランチ　ゼロ？
ステラ　うん、交換台はゼロよ。

ブランチは一瞬考える。それから受話器をおく。

ブランチ　鉛筆貸して。紙は？　まず下書きしてみないと——電文を……

彼女は化粧机に行き、クリネックスを一枚つかみとり、眉墨《まゆずみ》の鉛筆を筆記具に使う。

ブランチ　えーと……（鉛筆を嚙《か》む）「シェップサマ。イモウトトワタシ、バンジキュウス」

ステラ　なんですって？
ブランチ　「イモウトトワタシ、バンジキュウス。イサイフミ。ナニトゾ――」（また鉛筆を嚙む）「ナニトゾ――アタタカイ――ゴコウイヲ……」（鉛筆を机にたたきつけ、勢いよく立ちあがる）真正直に頼んだってなんにもならないわね！
ステラ　（笑って）ばかなまねはおよしなさいよ、姉さん！
ブランチ　でもなんとかしなくちゃ。なんとかしなきゃだめ！　そんなに笑わないで、ステラ！　ねえ、お願いだから！　私――私、財布の中身を見せてあげる！　これっきりよ！（財布をさっと開ける）わが国の銀貨でたったの六十五セント！
ステラ　（衣装ダンスへ行きながら）スタンリーはあたしにきまったお金はくれなくて、支払いは自分でするんだけど――今朝は十ドルくれたの、仲なおりのしるしだって。姉さんに五ドルあげるわ、残りはあたし。
ブランチ　だめよ、ステラ。そんなのいけないわ。
ステラ　（言い張って）ちょっとお小遣いがあれば元気になるものよ。
ブランチ　いらないったら――私、街の女になる！
ステラ　ばかなこと言わないで！　でもどうしてそんなにお金に困るようになったの？
ブランチ　お金って、出て行くものね――どんどん。（額《ひたい》をこする）あとで、鎮静剤を買ってこなくちゃ。

ステラ　あるわよ、いま。
ブランチ　まだいいわ——いまは考えごと！
ステラ　なにもくよくよ考えることないのに、せめてここ——しばらくは……
ブランチ　ステラ、私あの男といっしょに暮らせないわ！　あんたは暮らせるでしょう、夫婦なんだもの。でも私はだめ、ゆうべのようなことがあったあと、仕切りと言えばあのカーテンだけで、ここにいられると思う？
ステラ　姉さんはゆうべあの人のいちばん悪いとこを見ちゃったから。
ブランチ　いいえ、その逆、いちばんいいところを見せていただいたわ！　ああいう男のとりえって、動物的な力でしょ、それをたっぷり拝見したわ！　ああいう男と暮らしていくには——一つのベッドに寝るしかない！　それはあんたの役よ——私のじゃなく！
ステラ　少し休んだら、また希望が湧《わ》いてくるわ。ここにいるあいだはなにも心配しないでね——お金のことは……
ブランチ　二人のために計画を立てなくちゃ、二人でここから——脱け出すために！
ステラ　姉さんは頭から決めてかかってるのね、あたしがここから脱け出したがってるって。
ブランチ　私は頭から決めてかかってるわ、あんたがまだベルリーヴの生活をよく覚えていて、当然こんなところでポーカー仲間と暮らしていけるわけがないって。

ステラ　そう勝手に決めてかかられちゃあかなわないわ。
ブランチ　それ、本気じゃないでしょうね。
ステラ　どして？
ブランチ　私だってわかってるのよ——少しは。あんたが出会ったとき、あの男は将校の軍服を着ていた、場所もこんなところじゃなくて——
ステラ　場所なんか関係ないと思うけど。
ブランチ　二人の目と目のあいだに恋の電流が流れた、なんて言わないでね、吹き出しちゃうから。
ステラ　もうなにも言うつもりはないわ。
ブランチ　じゃあ黙ってて！
ステラ　でもねえ、男と女のあいだにはいろいろなことが起こるものよ、暗がりのなかでは——そのためにほかのことはみんな——どうでもよくなってしまうことが。（間《ま》）
ブランチ　それは獣の欲望よ——ただの——〈欲望〉！　あのオンボロ電車の名前、フレンチ・クォーターの狭くるしい道をゴトゴト走ってる……
ステラ　あの電車にはまだ乗ってなかった？
ブランチ　乗ったからここへきたのよ——こんな、人に白い目を向けられ、自分でも恥ずかしくなるようなところへ……

ステラ　だったらそんなにお高くとまってるのは場ちがいよ。
ブランチ　私はお高くとまったりしてないし、その気もないわ、ちっとも。ほんとうよ！ ただこういうことなの、私の考えは。ああいう男はね、ちょっとした浮気《うわき》の相手にはいいわ、一度か――二度か――三度ぐらいつきあうのは。でもいっしょに暮らしたり！　子供まで作るなんて！
ステラ　言ったでしょう、あたしはあの人を愛してるのよ。
ブランチ　ゾッとするわ、そんなこと聞くと！　私はもう――ゾッとするだけ……
ステラ　どうしてもゾッとしたけりゃしてちょうだい！

間。

ブランチ　言っても――いいかしら――率直に？
ステラ　ええ、どうぞ。ご遠慮なく。いくらでも率直に。

外で、列車の近づく音。その音が低くなるまで二人は黙っている。二人がいるのは寝室のほうである。

列車の騒音にかくれて、スタンリーが外から入ってくる。彼は、両腕にいくつかの包みをかかえ、女たちからは見えないところに立って、次の会話を耳にしてしまう。彼は、アンダーシャツに、油で汚れた薄地の青縞《あおじま》ズボンをつけている。

ブランチ　あのね——はっきり言わせてもらえば——あの人、下品よ！

ステラ　かもしれないわね。

ブランチ　かもしれない！　あんた、私たちの育ちを忘れてしまったの？　あの男にだって紳士らしさがあるかもしれないとでも思ってるの？　あるもんですか、ひとかけらだって！　ああ、あの男が——ごく平凡な！　特にとりえのない人であっても——善良で健康であればいいわ、ところが——大ちがい。どこか——けだものじみたところがあるわ——あの男には！　こんなこと言う私が、憎い？

ステラ　（冷ややかに）洗いざらい言ってしまいなさい、ブランチ。

ブランチ　あの男はね、することなすこと、動物そのものよ！　食事のしかたも、歩きかたも、口のききかたも、動物そっくり！　どこを見ても——人間以下——人類に達する前の段階！　せいぜい、類人猿《るいじんえん》よ、絵で見たことがあるけど——人類学の本で！　何千年、何万年の歳月があの男のそばを素通りして行った、つまりあの男——スタンリー・コワルスキーは——石器時代の生き残り！　ジャングルで獲物を殺すと、その生肉《なまにく》をもって帰ってくる！　それをあんたが——あんたがよ——ここで待っている！　あんたをなぐるかもしれない、喉《のど》を鳴らしてキスするかもしれない！　もちろん、キスのしかたがすでに発見されていたらの話だけど！　そうこうするうちに夜になり、類人猿の仲間たちがやってくる！　そこの、洞窟《どうくつ》を入ったところで、みんな一斉《いっせい》に喉を鳴らしたり、ガブガブ飲んだり、ガツガツ噛《か》じったり、ノソノソうごめいたり！　それがポーカー・パーティー！　──そう言うのね、あんたは──そんな類人猿のばか騒ぎを！　一匹がうなる、別の一匹がなにかを引っつかむ──するととっ組みあい！　なんてことだろう！　そりゃあ人間は神様そっくりに作られたとは言えないかもしれないけど、でも、ステラ──それから少しは進歩したはずよ！　たとえば美術とか──詩とか音楽とか──そういった新しい光がこの世に生み出されてきた！　ある人々の胸にあるやさしい感情が芽生えてきた！　それを、私たち、育てていかなければ！　それをしっかり握りしめ、私たちの旗印としなければ！　この暗闇《くらやみ》の行進の先頭に高々とかかげ、前進あるのみよ……絶対、絶対けだものたちとともに落伍してはだめ！

また外を列車が通る。スタンリーは唇《くちびる》をなめながらためらう。それから突然、こっそり身をひるがえし、表のドアから外に出る。女たちは彼がもどっていることにまだ気がついていない。列車が通りすぎると、彼は閉めたドアの外から呼びかける。

スタンリー　おい！　ステラ！

ステラ（深刻にブランチのことばを聞いていたが）スタンリー！

ブランチ　ステラ、私――

　だがステラはもう表のドアに行っている。スタンリーは包みをかかえたままさりげなく入る。

スタンリー　よう、ステラ、ブランチは帰ってるかい？

ステラ　うん、帰ってるわ。

スタンリー　よう、ブランチ。（彼女にニヤッと笑いかける）

ステラ　あんた、車の下にもぐったのね。

スタンリー　だって、おめえ、フリッツの店の修理工ときたら、てめえのケツの穴とモグラの穴の区別もつかねえやつでさ！

　ステラは狂ったように両腕で彼に抱きついている、ブランチからまる見えのままで。彼は笑いながらステラの頭を抱きしめる。その頭越しに、仕切り幕のあいだを通して、ブランチにニヤッと笑いかける。

抱擁する二人にしばらく光が残ってから、照明が溶暗すると、〈ブルー・ピアノ〉とトランペットとドラムの音楽が聞こえてくる。

第五場

ブランチは寝室で腰をおろし、シュロのうちわを使いながら、書きあげたばかりの手紙を読み返している。突然、爆発したように笑い出す。ステラは寝室で着がえている。

ステラ　なに笑ってるの？

ブランチ　私のことよ、私があんまり嘘《うそ》つきだから、つい！　いまシェップに手紙を書いてるの。（手紙を手にとる）「シェップ様。私はいま、羽根をひろげ、あちこち飛びまわってこの夏をすごしております。ひょっとしたら突然、御地《おんち》ダラスに舞いおりる気になるかもしれません。そうなったらいかがお思いでしょう？　ハハハ！（直接シェップに話しかけているかのように、喉に手をあてながら、興奮して明るく笑う）この警告を無駄《むだ》になさらぬよう！」――っていうのはどう？

ステラ　うーん……

ブランチ　（興奮して続ける）「妹の友だちはほとんど夏のあいだ北部へ行っているのですが、なかにはメキシコ湾沿岸に家をもっている人たちもいて、おかげで連日のご馳走《ちそう》攻め、ティー・パーティー、カクテル・パーティー、昼食会に――」

二階のハベルの部屋で騒ぎが聞こえる。

ステラ　（ドアへ行きながら）ユーニスがスティーヴともめてるらしいわ。

ユーニスの怒声。

ユーニス　ちゃあんと聞いたからね、あのブロンド女のことは……
スティーヴ　でたらめ言うな！
ユーニス　ごまかそうたってそうはいかないよ！〈フォー・デューシズ〉の下にいるだけならともかく、いつだって二階へあがってくんだから。
スティーヴ　だれか見たやつでもいるっていうのか？
ユーニス　あたしがこの目で見たのさ、二階のバルコニーであの女を追っかけてたところを――畜生！お巡《まわ》りを呼んでやるからね！
スティーヴ　よせ、そんなもの投げるな！
ユーニス　（金切り声で）ぶったわね！お巡り呼んでやる！

アルミニュームの器が壁にぶつかる音。続いて男の怒声、叱声、家具の引っくり返る音。なにかの砕ける音。それから幾分静かになる。

ブランチ　(明るく) 殺しちゃ、、、、ったのかしら?

ユーニスが魔女のようにとり乱した姿で階段に現われる。

ステラ　まだ生きていた!　おりてくるわ。

ユーニス　お巡りを呼んでくるんだ、お巡りを!　(角をまわって駆けて行く)

ステラ　(ドアからもどりながら)「妹の友だちのなかにはこの町にとどまっている人もおります」

ステラとブランチは快活に笑う。スタンリーが、緑と真紅の絹のボーリング・シャツを着て、角をまわって現われる。彼は小走りに階段を駆けのぼり、大きな音を立てて台所に飛びこむ。ブランチは不安そうな身ぶりで彼の帰宅に反応する。

スタンリー　どうしたんだ、ユーニスのやつ？
ステラ　スティーヴと喧嘩《けんか》したところ。お巡りを呼びに行ったんだけど、見つかるかしら？
スタンリー　見つけるのは酒だろう。
ステラ　そのほうが役に立ちそうね！

スティーヴが額の傷をおさえながらおりてきて、ドアからのぞく。

スティーヴ　ここか、あいつ？
スタンリー　ここじゃねえ、〈フォー・デューシズ〉で飲んでるぜ。
スティーヴ　あのすべためが！　（恐る恐る角の先をのぞいてから、から元気を出して角を曲がり、走って追いかけて行く）
ブランチ　いまのことば、書きとめておかなくちゃ。ハハハ！　私、ここで聞き覚えたちょっとしたふう変わりなことばを、ノートにとっているの。
スタンリー　ここで聞くことばで、あんたが知らんかったっていうのは、ありゃしねえさ。
ブランチ　そう信じていいかしら？
スタンリー　カシラだろうが尻尾《しっぽ》だろうが、とことん信じていいぜ。
ブランチ　まあ、たいへん。（スタンリーは衣装ダンスの引き出しをぐいと開け、バタンと閉め、靴《くつ》を片隅《かたすみ》へほうり投げる。ブランチはその物音の一つ一つにやや身をすくめる。やっと彼女は口を開く）あなたの生まれはどの星座？

スタンリー　（着がえながら）星座？

ブランチ　星占いで言う十二宮。あなたはきっと雄羊座ね。雄羊座の人は、力に満ちあふれ、行動的なんですって。騒音が大好きなのよ！　ドシン、バタン、ってやるのが！　あなたも軍隊ではずいぶんドシン、バタンってやったんでしょうね、いまは生きている相手がいないので、品物相手に憂《う》さ晴らし！

ステラはこのあいだじゅう衣装戸棚《とだな》に首を出し入れしていたが、ここで頭を突き出す。

ステラ　スタンリーが生まれたのは、キリスト降誕の五分あとよ。

ブランチ　じゃあ――山羊《やぎ》座！

スタンリー　あんたの星座は？

ブランチ　私のお誕生日は来月、九月の十五日、つまり、乙女座。

スタンリー　オトメ？

ブランチ　処女のこと。

スタンリー　（軽蔑《けいべつ》して）へッ！　（ネクタイを締めながら少し進み出る）あんたね、もしかしたら、ショーっていう名前の男知らんかい？

ブランチの顔にかすかな驚きの表情が浮かぶ。彼女は化粧水の瓶《びん》に手をのばし、ハンカチを湿らせながら、用心深く答える。

ブランチ　そりゃあだれだって、ショーなんて名前の人なら、一人や二人知っててもおかしくないわ！

スタンリー　ところが、このショーって男は、ローレルであんたに会った気がする、って言うんだがね。おれはほかの女ととりちがえてるんだろうと思うんだ、だって、やつがその女と会ったのは、フラミンゴってホテルだそうだからな。

ブランチは、化粧水をひたしたハンカチを両方のこめかみに当てながら、息苦しく笑う。

ブランチ　どうやらその人は、「ほかの女」ととりちがえているようね。ホテル・フラミンゴと言えば、私なんか入る勇気もない場所ですもの。

スタンリー　知ってるのか！

ブランチ　ええ、見たこともあるし、どんなホテルか匂《にお》いでわかったわ。

スタンリー　匂いをかいだとなると、すぐそばまで行ったわけだ。

ブランチ　安物の香水ほど遠くまで匂うものよ。

スタンリー　あんたが使ってるのは高いんだろうな？

ブランチ　一オンス二十五ドル！　それがもうなくなりそう。これはヒントよ、もしあなたが私のお誕生日を覚えていてくださる気なら！　(気軽な口調で言うが、声に不安のひびきがある)

スタンリー　ショーのやつ、人ちがいをしたんだろう。しょっちゅうローレルへ行き来してるやつだから、まちがいのないようよく調べさせるよ。

スタンリーは背をむけて仕切り幕のところへ行く。ブランチは気が遠くなったかのように目を閉じる。もう一度ハンカチを額《ひたい》に当てるその手はふるえている。

スティーヴとユーニスが角をまわって現われる。スティーヴは片手をユーニスの肩にまわし、彼女は手放しで泣きじゃくり、彼はやさしいことばをかけている。二人がしっかり抱きあってゆっくり階段をのぼって行くと、遠くで雷鳴のつぶやき。

スタンリー　(ステラに)〈フォー・デューシズ〉で待ってるぜ！

ステラ　ねえ！　あたし、キスしてもらえる値うちもないの？
スタンリー　ないね、おまえの姉さんが見てる前じゃあ。

スタンリーは出て行く。ブランチは椅子《いす》から立ちあがる。気が遠くなりそうな様子。おびえたような表情であたりを見まわす。

ブランチ　ステラ！　私のことでなにか聞いてる？
ステラ　え？
ブランチ　私のことでどんな噂《うわさ》があるの？
ステラ　噂？
ブランチ　なにも聞いてないの――私の――悪口？
ステラ　もちろんよ、ブランチ、聞いてるもんですか！
ブランチ　でもね、いろいろ言われたのよ――ローレルでは。
ステラ　い、い、姉さんが？
ブランチ　私もそうほめられるような生きかたはしてなかったわ、この二年ばかり。ベルリーヴが指のあいだからこぼれはじめてから。
ステラ　そりゃあ人間だもの、だれだって――

ブランチ　私、強い女にはなれなかったの、ひとり立ちできるような女には。強い人間になれないとき——弱い人間は強い人間の好意にすがって生きていかなければならないのよ、ステラ。そのためには人の心を誘うなにかが必要になる——弱い蝶々《ちょうちょう》のように、あの羽のようなやさしい色あいと輝きを身につけ——ちょっとした——一時的な魔法を使わなければならなくなる、それもただ——一夜の雨露をしのぐために！　だからなのよ、私が近ごろ——あんまりほめられるような生きかたをしてなかったというのは。私は庇護《ひご》を求めて駆けずりまわったわ、雨もりのする屋根から屋根へ——だって嵐《あらし》だったんだもの——ひどい嵐、そして私はそのまっただなかにいた……だれ一人見てくれようともしないわ——男たちは——私たちの存在を認めてさえくれないわ、私たちに下心を抱いてなければ。そして、だれかに存在を認めてもらわなければならないわ、だれかの庇護を得ようとすれば。だから弱い人間はどうしても——ほのかな輝きをもたなければならないの——裸電球にかぶせる——色提灯《いろぢようちん》のような……でも私、こわい——とってもこわいの、いま。いったいいつまで、それでうまくやっていけるかと思うと。やさしいだけではだめ。やさしい上に、魅力がなければ。それなのに私は——私はもう色あせていくばかり！

すでに日は落ちて夕闇《ゆうやみ》が迫っている。

ステラは寝室へ行き、紙提灯のついた電燈《でんとう》をつける。手にコーラの瓶をもっている。

ブランチ　私の話聞いてるの？

ステラ　あんたが妙な考えにとりつかれてるときは聞かないことにしてるの。（瓶をもって近づく）

ブランチ　（突然陽気な態度に変わって）そのコーラ、私の？

ステラ　ほかにだれかいて？

ブランチ　まあ、嬉《うれ》しい！　でも、ただのコーラ？

ステラ　（ふり返って）ウイスキーを一たらし、でしょ。

ブランチ　だって、ウイスキーを入れてもコーラの味をそこなったりしないもの！　自分でやるわ！　あんたにお給仕させちゃ！

ステラ　あたしはお給仕したいの。そのほうが自分の家らしくて。（台所へ行き、グラスを見つけ、ウイスキーを少し注《つ》ぐ）

ブランチ　そりゃあ私だって、お給仕してもらうほうが好きだけど……

ブランチは寝室に駆けこむ。ステラはグラスをもって近づく。ブランチは突然、うめくような声をあげると、ステラのあいているほうの手を握りしめ、自分の唇《くちびる》に押しあてる。ステラは、その大げさな感情の表現に当惑する。ブランチは喉《のど》をつまらせた声で言う。

ブランチ　あんたって――あんたって――や、さ、し、くしてくれるのね！　それなのに私――

ステラ　ブランチ。

ブランチ　わかってるの、もうよすわ！　おセンチな言いかたがいやなんでしょ。でも、信、じ、て、私、口に出して言う以上に、心のなかではいろいろ思ってるのよ！　ここにだってそう長くはい、な、い、わ！　約、束、す、る、私は――

ステラ　ブランチったら！

ブランチ　私は必ず、出、て、行、く、わ！　それも、近、い、う、ち、に！　出て行くわ、ほ、ん、と、う、に！　ここに居続ける気はないわ、あの男に――たたき出されるまで……

ステラ　ばかなこと言わないでよ。

ブランチ　ええ、もうよすわ。気をつけてね――泡《あわ》をこぼさないように！

ブランチは甲高く笑い、グラスを引ったくるが、手がふるえているのであやうく落しそうになる。ステラはグラスにコーラを注ぐ。泡がもりあがってあふれこぼれる。ブランチは鋭い悲鳴をあげる。

ステラ　（その悲鳴に驚いて）まあ！

ブランチ　私のまっ白なスカートが！

ステラ　ああ……このハンカチお使いなさい。そっと吸いとるのよ。

ブランチ　（だんだん落ちつきをとりもどして）ええ――そっと――そうっとね……

ステラ　しみになった？

ブランチ　全然。ハハハ！　運がよかったわ！　（ふるえながら腰をおろし、ありがたそうに一口飲む。両手でグラスをもち、小声で笑い続ける）

ステラ　どうしたの、あんな大声をあげたりして？

ブランチ　どうしたのかしら、ほんと！　（そわそわと話を続ける）ミッチが――ミッチが七時に迎えにくるはずなの。きっとあの人とのことが気になってるのね。（早口に息を切らして話し出す）あの人に許したのはおやすみのキスを一度だけ、それだけよ、許したのは。あの人には尊敬してもらいたいから。男の人って、手軽に手に入るものはほしがらない、と言って、あんまり待たせられるとその気をなくしてしまう。特に女が――三十をすぎていると。女も三十をすぎると当然――下品な言いかただけど――「寝る」ものだと思いこんでいる。でも私は――私は寝たりなんかしないわ。それにもちろんあの人は――ミッチは知らないの――つまり、まだ知らせてないの——私のほんとうの年を！

ステラ　どうして年のことなんか気にするのよ？

ブランチ　私の女心がこれまで受けてきた傷のせい。とにかくあの人は——私のことを言わば——お堅い女だと思ってるのよ！　（鋭く笑う）　うまくだましてやるわ、どうしても私が——ほしくなるように……

ステラ　姉さんはあの人がほしいの？

ブランチ　私のほしいのは休息！　もう一度のんびりと息をしてみたい！　そう——私はミッチがほしいわ……猛烈に！　考えてみて！　そういうことになったら！　私はここから出て行ける、だれの厄介者《やっかいもの》でもなくなる……

軽く一杯飲んできたスタンリーが、角をまわって現われる。

スタンリー　（わめく）　おい、スティーヴ！　ユーニス！　おい、ステラ！

二階から呼びかける陽気な声。角をまわった先からトランペットとドラム。

ステラ　（衝動的にブランチにキスして）　そうなるわ、きっと！

ブランチ　（疑わしげに）なるかしら？
ステラ　なるわよ！　（ステラは台所へ行きながらブランチをふり返る）だいじょうぶ、そう、なるわ……でも、飲むのはそれだけにしてね！　（声をつまらせてドアから外に出て、夫のところへ行く）

ブランチはグラスを手にしたまま、気が遠くなったかのように椅子に深々ともたれる。ユーニスが甲高い声で笑いながら、階段を駆けおりてくる。スティーヴがそのあとから山羊のような奇声を発しながら、踊るような足どりでおりてきて、ユーニスを追って角を曲がって行く。スタンリーとステラは腕をからみあわせ、笑いながらあとを追って行く。
夕闇がますます濃くなる。〈フォー・デューシズ〉から、ゆるやかなもの悲しげな音楽。

ブランチ　ああ、ああ、ああ……

彼女の目は閉ざされ、シュロのうちわは指から落ちる。二、三度、片手で椅子の腕木をたたく。それから疲れはてたように立ちあがると、手鏡をとりあげる。

建物の周囲にかすかに稲妻が走る。黒人女が、ヒステリックに高笑いし、千鳥足で、〈フォー・デューシズ〉から角をまわってやってくる。同時に、若者が反対側から登場。黒人女は彼のベルトの前で指を鳴らす。

黒人女　ねえ！　坊や！

彼女は聞きとれない声でなにか言う。若者は激しく首を振り、いそいで階段を斜めに駆けのぼる。彼はベルを鳴らす。ブランチは手鏡をおく。黒人女はぶらぶらと通りを歩いて去っている。

ブランチ　どうぞ。

若者が仕切り幕のあいだを通して姿を見せる。ブランチは興味をもって彼を見つめる。

ブランチ　いらっしゃい！　なんのご用？

若者　〈イーヴニング・スター〉の集金にきました。

ブランチ　知らなかったわ、お星様がお金を集めるなんて。
若者　新聞です。
ブランチ　わかってるわ、冗談を言っただけよ――へたな！　あんた――お酒は？
若者　いえ、結構です。仕事中は飲みません。
ブランチ　そう、では……あらいけない、私一文なしだわ！　私はこの家の奥様じゃないの。その姉なのよ、ミシシッピからきた。よく言うでしょ、親類じゅうの厄介者って、私もそれ。
若者　じゃあ、あとでまたきます。（出て行こうとする。ブランチは少し近づく）
ブランチ　ねえ！　（彼はおずおずとふりむく。ブランチはタバコを長いホールダーにさしこむ）火を貸してくださる？　（彼のほうへ行く。二人は二つの部屋の仕切りのところで向かいあう）
若者　どうぞ。（ライターをとり出す）これ、うまくつかないこともあるんですが。
ブランチ　気分屋なのね？　（パッとつく）まあ！　ありがとう。
若者　どうも。（また出て行こうとする）
ブランチ　ねえ！　（彼はまたふりむく、ますます不安そうである。ブランチは彼のすぐそばまで近寄る）いま、何時？
若者　七時十五分前です。

ブランチ　そんなになるの？　あんた、ニューオーリアンズのこういう長い雨の午後はお好き？　一時間がただの一時間ではなく――ふと手に入った永遠のひとかけら――どうあつかえばいいかだれも知らない、こういうひとときは？

若者　ええ、好きです。

間《ま》。〈ブルー・ピアノ〉が聞こえてくる。それはこの場の終わりまで、さらに次の場のはじめまで続く。若者は咳払《せきばら》いし、チラッとドアに目をやる。

ブランチ　あんた――あのう――雨でぬれなかったの？

若者　ええ。雨宿りしたから。

ブランチ　ドラッグストアで？　ソーダ水飲んで？

若者　ええ。

ブランチ　チョコレート・ソーダ？

若者　いえ、チェリー。

ブランチ　んんまあ！

若者　チェリー・ソーダです！

ブランチ　よだれが出そう。

若者　じゃあ、ぼく、そろそろ――

ブランチ　あんた！　若いわねえ！　若いわ、ほんと、若い！　だれかに言われたことなかった、「アラビアン・ナイト」から抜け出した若い王子様みたいだって？

若者　そんなこと……

若者はぎごちなく笑い、はにかんだ子供のように立っている。ブランチはやさしく話しかける。

ブランチ　でもそっくりよ。ここへいらっしゃい！　さあ、ぐずぐずしないで！　キスしてあげる――一度だけ――そうっと、やさしく、あんたの唇に。(彼の返事を待たず、す早く近寄って、唇を彼の唇に押しあてる) さ、お帰りなさい、いそいで！　もっと引きとめておきたいけど、子供に手を出してはいけないわ、悪い女になってしまう。アディオス！

若者　え？

彼は一瞬ブランチを見つめる。彼女は彼のためにドアを開けてやり、ボーッとした顔つきで階段をおりて行く彼に投げキスを送る。彼女は若者の姿が消えたあとも、夢心地でその場に立っている。やがてミッチがバラの花束をもち、角をまわって現われる。

ブランチ　だれかしら、そこへきたのは！　私の〈バラの騎士〉ね！　まず、私にお辞儀を！　それから、贈り物を！

彼はそうする。彼女は膝《ひざ》を低く折って答礼する。

ブランチ　ああ！　メルシイイイ！

第六場

同じ夜の午前二時ごろ。建物の外壁が見えている。ブランチとミッチが登場。ブランチの声と態度には、神経衰弱症の人にしか見られないような、極度の疲労が現われている。ミッチは鈍重だが、それでも気がめいっている様子。二人はおそらく、ポンチャートレン湖畔の遊園地に行ってきたところだろう。ミッチは、射的場や運だめしの遊戯場などで賞品に出す、メイ・ウエスト（訳注　映画女優）の小さな石膏像《せっこうぞう》を、さかさにしてぶらさげている。

ブランチ　（階段のところでぐったりと立ちどまって）さてと――

ミッチは落ちつかなげに笑う。

ブランチ　それでは……

ミッチ　もうだいぶ遅いようだな――お疲れでしょう。

ブランチ　タマーリ売りも姿を消しているわ、最後まで通りに出ている人が。（ミッチはまた落ちつかなげに笑う）どうやってお帰りになるの？

ミッチ　バーボン通りまで歩いて、終夜運転の電車をつかまえます。

ブランチ　（陰鬱《いんうつ》に笑って）あの〈欲望〉という名の電車は、こんな時間にもゴトゴト走ってるの？

ミッチ　（心重く）今夜はあんまり楽しくなかったようですね、ブランチ。

ブランチ　私のためにあなたまで。

ミッチ　いや、そんなことありません。ただ、ずっと気になっていたんです、おれのおもてなしが――たりないんじゃないかって。

ブランチ　私が調子をあわせられなかったのよ。それだけのこと。こんなに陽気になろうと努力しながらこんなにみじめに失敗したのははじめてだわ。でも努力点だけはつけてね！　――努力はしたんだから。

ミッチ　なぜ努力したんです、そうまで無理して？

ブランチ　自然の法則に従っただけよ。

ミッチ　どんな法則？

ブランチ　淑女は紳士をおもてなししなければならない――という鉄則！　お願い、バッグのなかの鍵《かぎ》、捜して。疲れると、私、指がきかなくなってしまって。

ミッチ　（ハンドバッグのなかを捜して）これですか？
ブランチ　それはトランクの鍵よ、まもなく荷造りするはずの。
ミッチ　とおっしゃると、まもなくお発《た》ちになるんですか？
ブランチ　長くいすぎたわ、迷惑がられるほど。
ミッチ　これかな？

音楽が次第に消える。

ブランチ　ついに発見！　ね、ドアを開けてくださる？　私は夜空におやすみのご挨拶《あいさつ》をしているから。（ポーチの手すりに寄りかかる。ミッチはドアを開け、ぎごちなく彼女の背後に立つ）スバルはどこかしら、あの七人娘、今夜は出ていないようね。あ、いたいた、あそこに！　よかった！　七人仲よく、ブリッジ・パーティーから帰って行くところだわ……ドアを開けてくださった？　まあ、ありがとう！　あなた、そろそろ——お帰りになりたいんでしょう……

ミッチは不器用な仕草をして咳払いする。

ミッチ　あの——いいですか——おやすみの——キスしても？
ブランチ　どうしてそういちいち、いいですか、ってきくの？
ミッチ　おいやじゃないかと思って。
ブランチ　どうしてそう思うの？
ミッチ　こないだの晩、湖のそばに車をとめてキスしたとき、あなたは——
ブランチ　あら、私が反対したのはキスじゃないわ。キスされたことは嬉《うれ》しかったのよ、とっても。ただそのあとの——なれなれしさ——あれだけは私——どうしても——やめていただきたいと思って……怒ったわけじゃないの！　そんな気は全然なかったわ！　それどころか、いささか得意になったぐらい、あなたが私に——欲望をおもちになったことを。でもね、あなただっておわかりでしょう、独り身の女は、この世に一人ぼっちでいる女は、自分の感情をおさえつけなければならないのよ、さもないと破滅ですもの！
ミッチ　（厳粛に）破滅？
ブランチ　破滅したがるような女なら、いくらでもお会いになってるでしょう。はじめてのデートでもう破滅するような！
ミッチ　あなたはいまのままでいてください、これまでのおれの——経験のなかに——あなたのような人はいませんでした、一人も。

ブランチはまじめな顔で彼を見る。それからいきなり笑い出し、手を口にあてる。

ミッチ　そんなにおかしいですか、おれ？

ブランチ　とんでもない。当家のご主人夫妻はまだお帰りじゃないようだから、お入りにならない？　寝酒をいただきましょう、ごいっしょに。あかりはつけないままで。いいわね？

ミッチ　ええ――お好きなように。

ブランチが先に立って台所に入る。建物の外壁は見えなくなり、部屋の内部がぼんやり見えてくる。

ブランチ　（台所に残ったまま）あちらの部屋のほうが落ちつくわ――さ、奥へ。いま暗闇《くらやみ》でガタガタしているのは、私がお酒を捜す音。

ミッチ　お飲みになりたいんですか？

ブランチ　あなたに飲んでいただきたいの！　あなたは今夜ずーっと謹厳実直でいらしたでしょう、私もそうだった。二人とも謹厳実直だったわ、だからせめて二人ですごす夜の残されたわずかな時間を――ジョワ・ド・ヴィーヴル――生きる喜び、、、、のひときにしたいの！　ろうそくをつけるわね。

ミッチ　そりゃあすてきだ。

ブランチ　私たち、ボヘミアンになりましょうよ、ここはパリ、セーヌ河の左岸、絵描《えか》きたちが集まる小さなカフェ！（ろうそくの燃えさしに火をつけ、瓶《びん》の口にさす）ジュ・スュイ・ラ・ダーム・オ・カメリア（私は椿姫《つばきひめ》よ）！　ヴーゼート――アルマン（あなたはアルマン）！　フランス語はおわかり？

ミッチ　（心重く）いや、それが全然――

ブランチ　ヴレヴー・クーシエ・アヴェック・ムア・ス・スワール（今夜いっしょに寝ませんか）？　ヴー・ヌ・コンプルネ・パ（わからないの）？　アー・ケル・ドマージュ（ああ、残念だわ）！　――私ね、それはとってもいいことだって言ったの……あったわ、お酒！　ちょうど二杯分、おかわりはなし……

ミッチ　（心重く）そりゃあ――よかった。

ブランチは飲物とろうそくをもって寝室に入る。

ブランチ　おかけなさい！　上着を脱いで、ネクタイをゆるめて！

ミッチ　このままでいいんです。
ブランチ　だめ。くつろいでいただきたいの。
ミッチ　おれ、恥ずかしいぐらい汗っかきで。シャツが肌《はだ》にくっついてるんです。
ブランチ　汗をかくのは健康のしるしよ。人間は汗をかかないと五分間で死ぬんですって。(上着を脱がせる) いい上着ねえ。この生地《きじ》は?
ミッチ　アルパカってやつです。
ブランチ　ああ。アルパカ。
ミッチ　ええ、薄手のアルパカ。
ブランチ　ああ。薄手のアルパカ。
ミッチ　麻や綿の夏服は着たくないんです、汗がしみとおるんで。
ブランチ　ああ、そう。
ミッチ　それに、おれには似合わないんです。図体のでかい男は着るものに気をつけないとみっともないですからね。
ブランチ　あなた、そんなにふとりすぎじゃないわ。
ミッチ　そう思いますか?
ブランチ　そりゃあきゃしゃとは言えないけど。骨組みががっしりしていて、堂々たる体格よ。

ミッチ　嬉しいな、そう言ってくださると。去年のクリスマスに、おれ、ニューオーリアンズ体育クラブの会員の資格をもらったんです。
ブランチ　よかったわね。
ミッチ　これまでもらった最高の贈り物ですよ。いま、クラブに行っては、重量挙げと水泳でからだを鍛えています。入ったころは腹がたるんでいたけど、いまじゃあ肉がしまってきました。固くしまってるんで、なぐられてもびくともしません。なぐってごらんなさい……さあ！　ここを！　(ブランチは軽く指で突く)
ブランチ　まあ驚いた。(その手を自分の胸にあてる)
ミッチ　体重はどのくらいだと思います、ブランチ？
ブランチ　そうねえ、だいたいの見当で――八十キロ？
ミッチ　ちがった！
ブランチ　もっと少ないの？
ミッチ　いや、もっとあるんです。
ブランチ　あなたって上背があるから、体重が多くてもスマートに見えるのね。
ミッチ　体重は九十三・八キロ、身長は百八十七センチ、もちろんはだしで――靴《くつ》をはかずにですよ。体重も裸でです。
ブランチ　驚いたわねえ！　こわいみたい。

ミッチ　（当惑して）おれの体重の話なんて、あんまりおもしろい話題じゃなかったですね。（一瞬ためらってから）あなたはどのくらい？

ブランチ　体重？

ミッチ　ええ。

ブランチ　当ててごらんなさい！

ミッチ　もちあげてみていいですか？

ブランチ　どうぞ、怪力サムソン！（ミッチはブランチの背後にまわり、両手を彼女の腰《ウエスト》にあてて、軽々ともちあげる）どう？

ミッチ　軽いなあ、羽のようだ。

ブランチ　ハハハ！（ミッチは彼女をおろすが、両手をその腰にあてたままでいる。ブランチはわざととりすまして言う）もうお放しになって。

ミッチ　え？

ブランチ　（陽気に）手をお放しになって、って言ったの。（ミッチは不器用に彼女を抱く。やさしくとがめる口調で）ねえ、ミッチ。スタンリーとステラが留守だからといって、紳士的にふるまわなくていいってことにはならないわよ。

ミッチ　失礼なことをしたら、いつでもひっぱたいてください。

ブランチ　その必要はないわ。あなたは生まれながらの紳士、いまの世のなかでは珍しいかた。私のこと、いかにも堅苦しいオールドミスの女教師だ、なんて思わないでね。私はただ——そのう——

ミッチ　え？

ブランチ　私はただ——考えかたが古いだけ！（ミッチに顔を見られていないとわかっているので、ちょっと舌を出す。ミッチは表のドアのほうへ行く。二人のあいだにかなり長い沈黙。ブランチは溜息《ためいき》をつき、ミッチは気の弱そうな咳払《せきばら》いをする）

ミッチ　（とうとう）スタンリーとステラは、どこなんです、今夜？

ブランチ　お二階のハベルさんご夫婦といっしょに出かけたわ。

ミッチ　どこへ？

ブランチ　ローズ・ステート館で深夜上映のロードショーを見るとか言ってたけど。

ミッチ　そのうち、みんなで行きましょう。

ブランチ　あら、だめよ、それは。

ミッチ　どうして？

ブランチ　あなたはスタンリーの古くからのお友だちでしょ？

ミッチ　二四一部隊でいっしょでした。

ブランチ　あなたにはなんでもうちあけて話すんでしょうね？

ミッチ　ええ。

ブランチ　私のこと、なにか言っていた？
ミッチ　まあ――そうたいしたことは。
ブランチ　その口ぶりでは、なにか言ったのね。
ミッチ　いや、たいしたことは言ってません。
ブランチ　でも言ったわけでしょう。そのことばで、あの人の私にたいする態度をどうお思いになった？
ミッチ　なぜそんなことを？
ブランチ　なぜって――
ミッチ　あいつとうまくいってないんですか？
ブランチ　あなたはどうお思い？
ミッチ　あいつはあなたを理解していないんだと思います。
ブランチ　そんな優雅なもんじゃないわ。ステラに赤ちゃんができるんでなかったら、こんなところにがまんしていられるもんですか。
ミッチ　やさしくしないんですか――あなたに？
ブランチ　失礼なのよ、がまんできないほど。それもわざわざやるんだから、私を痛めつけるために。
ミッチ　どんなやりかたで？

ブランチ　そりゃあもう、ありとあらゆるやりかたでよ。
ミッチ　驚いたなあ。
ブランチ　そう？
ミッチ　だって、おれ――あなたにたいして失礼なことをするやつがいるなんて、想像もつかないんですがねえ。
ブランチ　でもひどいものよ、ぞっとするぐらい。ここにはプライヴァシーなんてないでしょう。二つの部屋のあいだにあるのは、夜もあのカーテンだけ。そこをあの人は夜、下着一枚で行ったりきたりする。バスルームのドアは開け放し、お願いしなければ閉めてもくれない。そこまで下品にしなくたっていいと思うわ。そんなら出て行けばいい、っておっしゃるかもしれないわね。だから、ざっくばらんにうちあけてしまうけど。学校教師のサラリーでは生きていくのがやっと。去年はとうとう貯金もゼロ、そこで夏のあいだここにくるはめになったの。そういうわけで、私もステラの夫のことをがまんしなきゃならないし、あの人も私のことをがまんしなきゃならないのよ、いやいやながらという気持を露骨に見せながら……きっとあの人、あなたに言ったでしょう、私のことをどんなに憎んでいるか！
ミッチ　憎んでなんかいませんよ。
ブランチ　いいえ、憎んでます。でなきゃ、どうして私を侮辱するの？　そりゃあたしかに敵意というものは――おそらくあの人が見せるようなひねくれた――ああ、だめ！考えただけで私……（嫌悪《けんお》の身ぶり。それからグラスを飲みほす。間《ま》）

ミッチ　ブランチ――

ブランチ　え？

ミッチ　一つ、質問していいですか？

ブランチ　いいわ。なあに？

ミッチ　あなたはいくつです？

ブランチは神経質な身ぶりをする。

ブランチ　なぜそんなことと？

ミッチ　おふくろにあなたのこと話したんです、そしたら、「そのブランチって人、いくつなの？」って。それに答えられなかったんです、おれ。

ふたたび、間。

ブランチ　私のこと、お母様に話したの？

ミッチ　ええ。
ブランチ　なぜ？
ミッチ　あなたがすてきな人だって言ったんです、おれ、好きだって。
ブランチ　それ、本心から？
ミッチ　おわかりでしょう、それぐらい。
ブランチ　なぜお母様が私の年のことなど？
ミッチ　おふくろは病気でしてね。
ブランチ　まあ、お気の毒に。ひどくお悪いの？
ミッチ　そう長くはないでしょう。たぶん、あと二、三か月。
ブランチ　まあ。
ミッチ　心配してるんですよ、おれがまだ身を固めてないんで。
ブランチ　そう。
ミッチ　早く女房《にょうぼう》をもたせたがってるんです、ぐずぐずしてると自分が――（声がかすれ、二度咳払いする。両手をポケットに入れたり出したりしながら、神経質に動きまわる）
ブランチ　ずいぶんお母様思いなのね。
ミッチ　ええ。
ブランチ　あなたは真心こめて人を愛することのできるかた。お母様が亡《な》くなられたら、お

ミッチ　寂しいでしょうね。（ミッチは咳払いをしてうなずく）私にもよくわかるわ。

ブランチ　寂しいって気持が？

ミッチ　私も人を愛したことがあり、その愛した人を失っているから。

ブランチ　死んだのですか？（ブランチは窓辺に行き、窓縁に腰かけて外を見る。自分のグラスにもう一杯注《つ》ぐ）男の人？

ブランチ　男というより、まだ少年だったわ、私もほんの少女だった。十六で私、はじめて知ったの――恋というものを。それも突然、知りすぎるほど知ってしまった。それまでなかば影になっていたものが、いきなり目くるめく光にさらされたように、世界がパッと私の前に立ち現われた。でも運が悪かったのね、私。だまされていたの。その少年にはどこか変わったところがあったわ、神経質というか、傷つきやすいやさしさというか、そういう男らしくないところが――見かけはちっとも女性的じゃなかったけど――やはり――そういうものがあった……あの子は私に救いを求めてきたの。それが私にはわからなかった。二人で駆け落ちし、もどってきて結婚するまで、なんにもわからなかった、うすうす気がついていたのは、なぜだか見当もつかないけどなにかであの子の期待を裏切ったということと、あの子が求めていながら口に出せないでいる救いを与えてやれなかったということ、それだけ。あの子は蟻地獄《ありじごく》に落ちこんで私にしがみついていた――それなのに私は、引っぱり出してやらずに、いっしょにはまりこんでしまった！　それがわからなかったの、私には。ただ、たまらなく好きなのに、あの子を救うことも、自分を救うこともできない、ということがわかっているだけで。そしてある日わかったの。いやっていうほど思い知らされた。だれもいないと思ってふと入った部屋に——だれもいないどころか、二人の男がいた……

外で機関車の近づく音。ブランチは両手でしっかり耳をおさえ、かがみこむ。機関車が轟音《ごうおん》を立てて通過するとき、ヘッドライトがギラギラと部屋にさしこむ。その音が遠ざかると、ブランチはゆっくりからだを起こし、話を続ける。

そのあと、私たちはなにごともなかったような顔をして、そう、三人でムーン・レークのカジノまで車を飛ばしたわ、酔っぱらって、笑いどおしで。

遠くでかすかに、短調のポルカの曲。

私たち、〈ワルシャワ舞曲〉を踊ったの！　ダンスの途中で突然、私の夫であるその少年は私を突き放してカジノから飛び出して行った。そして間もなく——銃声一発！

突然ポルカがやむ。

ブランチはからだをこわばらせて立ちあがる。やがてポルカが長調でふたたび聞こえ出す。

私は駆け出した――みんな――みんな駆け出して行って、湖の岸辺のあの恐ろしいものをとりかこんだ！　人だかりで近寄れないでいたら、だれかが私の腕をつかんで言ったわ、「そばへ行っちゃだめだ！　こっちへおいで。あんたが見るもんじゃない……」見る？　見るってなにを？　そのときみんなの叫び声が聞こえた――アラン！　アランだ！　グレーさんの息子だ！　あの子はピストルを口にくわえ、ぶっ放したの――だから頭の後ろが――吹っ飛んでしまってた！

ブランチはよろめき、顔をおおう。

そうなったのは――ダンスをしてるとき――自分をおさえ切れなくなって――だしぬけに、私、こう言ってしまったからなの――「見たわよ！　なんていやらしい！

男同士で……」そのとたんに、世界を照らしていた目くるめく光がふっつり消え、それ以後はもとの暗闇《くらやみ》に閉ざされたまま、たまに一瞬さしこむ光があるとしても、この――台所の――ろうそくより暗い……

ミッチはぎごちなく立ちあがり、ブランチのほうへ少し近づく。ポルカが高まる。ミッチはブランチの横に立つ。

ミッチ　(両腕でゆっくりブランチを抱き寄せながら)あなたにはだれかが必要だ。おれにもだれかが必要だ。それが――あなたとおれでは?

ブランチは一瞬ぼんやりとミッチの顔を見つめる。それから静かな泣き声をあげ、彼の抱擁に身をゆだねる。彼女はしゃくりあげながらなにか言おうとするが、ことばにはならない。彼は彼女の額《ひたい》に、両目に、そして最後に唇《くちびる》に、キスする。ポルカが次第に消えていく。彼女が息を吸いこみ、息を吐くと、それは長い嬉《うれ》し泣きになる。

ブランチ　神様が――ときには――こんなに早く!

第七場

九月なかば、夕方近く。

仕切り幕は開いており、テーブルは誕生日祝いの夕食の用意がされていて、ケーキや花がおかれている。

ステラが飾りつけを終わろうとするところへ、スタンリーが入ってくる。

スタンリー　なんだい、この騒ぎは？
ステラ　お帰んなさい、ブランチの誕生日なのよ。
スタンリー　いるのか？
ステラ　バスルームに。
スタンリー　（口まねして）「いま洗ってるところなの」か？
ステラ　と思うわ。
スタンリー　いつからだい？
ステラ　お昼からずうっと。

スタンリー　(口まねして)「熱いお湯につかってるの」か？
ステラ　うん。
スタンリー　まず四十度って暑さだぜ、今日は。それなのに熱いお湯につかってるのか。
ステラ　そのほうが夜を涼しくすごせるんだって。
スタンリー　それでおまえはコークを買いにひとっ走りってわけだろう？　それをお風呂《ふろ》のなかの女王陛下にお届けするんだろう？　(ステラは肩をすくめる) ちょっとすわれよ。
ステラ　スタンリー、あたし忙しいのよ。
スタンリー　すわれったら！　おれはな、おまえの姉上様に関するたいへんな情報を手に入れたんだ。
ステラ　いいかげんになさいよ、ブランチのあらさがしは。
スタンリー　このおれを下品だってぬかした女だぜ！
ステラ　このごろあんたは姉さんを痛めつけるようなことばっかりしてるわね。でも姉さんって傷つきやすい人なのよ、ブランチとあたしはあんたとはちがう環境で育てられたってこともわかってくれなきゃ。
スタンリー　そうだってな。そいつはもういやっていうほど聞かされたぜ！　だがな、あの女が話してくださったことは真赤な嘘《うそ》だ、つこと、知ってるんだろうな？

ステラ　知らないわ、それに——

スタンリー　ところがそうだったんだ。ついに化けの皮がはがされたのさ！　尻尾《しっぽ》をつかまえたんだよ！

ステラ　なによ——尻尾って？

スタンリー　なあに、前から臭いとにらんでたんだがね。それが今度こそ、もっとも信頼すべき筋から確証を得たってわけだ——そいつをおれがいちいち当ってみた！

ブランチはバスルームで甘ったるい流行歌を歌っている、それがスタンリーのことばにたいして対位法のような効果をあげる。

ステラ　（スタンリーに）声が高いわよ！

スタンリー　ヘッ！　たいしたカナリヤ娘だ！

ステラ　お願いだから静かに話して、その姉さんに関する情報とやらを。

スタンリー　〈嘘その一〉——あの見かけだおしの潔癖さ！　知ってるか、おまえ、あの女がミッチにどんなきれいごとを言ってきたか。おかげでミッチのやつ、キス以上のことは知らない女だと思いこんじまった！　だがブランチ姉さんが清純な白百合《しらゆり》なんかであるもんか！　ハ、ハ！　とんだ白百合だぜ！

ステラ　なにを聞いたの、あんた、だれから？

スタンリー　うちの工場に長年ローレルに行き来してる仕入れ係の男がいてね、こいつがブランチのことはなにからなにまでご存じなんだ、いや、ローレルの町のやつならだれだって知ってるそうだぜ。なにしろローレルじゃあ、あの女、合衆国大統領とおんなじぐらい有名らしいからな、ちがうところはいかなる党派のものからも尊敬されちゃあいねえってことだけで！　その仕入れ係がいつも泊まるのが、フラミンゴってホテルなんだ。

ブランチ（陽気に歌っている〈Paper Moon〉）

たとえペーパー・ムーンでも

海は厚紙細工でも――

嘘もまことになるものよ　ただ

私を信じたら！

ステラ　それでどうしたの、その――フラミンゴが？

スタンリー　あの女もそこへ泊まってたんだ。

ステラ　姉さんはベルリーヴに住んでたのよ。

スタンリー　そのお屋敷があの女の白百合のような指のあいだからこぼれ落ちたあとの話さ！　そのあと、フラミンゴへ移ったんだ！　三流ホテルでな、お客様のプライヴエートなおつきあいにはいっさい干渉いたしません、っていうりっぱなところだ！　フラミンゴはいかなるお役にも立ちますってわけだ。ところが、さすがのフラミンゴの支配人もレディー・ブランチには感心しちまった！　あんまり感心しちまったんで、お部屋の鍵《かぎ》をお返しくださいとレディーに願い出た――もちろん、永久にだ！　それがここにおいでになる二週間前のできごとだ。

ブランチ　（歌っている）

たとえサーカス芝居でも
どんないかさま舞台でも――
嘘もまことになるものよ　ただ
私を信じたら！

ステラ　そんなの――汚《けが》らわしい――嘘よ！

スタンリー　ま、おまえがショックを受けるのはわかるがね。ミッチと同じように、おまえもすっかりだまされてたんだからな。

ステラ　そんなの作り話よ！　全部大嘘！　あたしが男だったら、目の前でそんな嘘をつく人なんか――

ブランチ　（歌っている）

愛がなければ

安キャバレーの浮かれ歌！

愛がなければ

ゲーム・センターのはやり歌！

スタンリー　ステラ、さっき言ったろうが、この話はおれがいちいちたしかめたんだぜ！　最後まで聞けよ。レディー・ブランチがお困りになったのは、ローレルじゃあもう芝居をうてなくなったってことさ！　どんな男だって二、三回デートすりゃあ、あの女の正体がわかって、おさらばってわけだ。そこであの女は次の男へ乗りかえる、そしてまたおんなじ芝居、おんなじ台詞《せりふ》、おんなじたわごとのくり返しだ！　ところがこの芝居をいつまでもうち続けるにはあの町は小さすぎるんだな！　そのうちにあの女は町の名物になっちまった。変わりものとしてじゃあないぞ、正真正銘のパーーーキ印としてだ。

ステラはあとずさりする。

この一、二年、あの女は町じゅうの鼻つまみだった。だからこの夏はここへおいでになったのさ、女王陛下のご訪問とばかり、大芝居をうってな――というのもローレルの市長から事実上の退去命令を受けたからなんだ！　そうそう、おまえは知らんだろうが、ローレルの郊外に陸軍の兵舎があってだな、おまえの姉さんのとこは〈立入禁止区域〉の一つだった！

ブランチ　（歌っている）
たとえペーパー・ムーンでも
どんないかさま舞台でも——
嘘もまことになるものよ　ただ
私を信じたら！

スタンリー　あいつがどんなにお上品でご清潔なタイプの女かってことはこれぐらいにして、次は〈嘘その二〉

ステラ　もう聞きたくないわ！

スタンリー　あいつはもう学校にはもどらねえ！　いや、ローレルにもどることさえこれっぽっちもねえんだ、賭《か》けたっていい！　神経がどうかしたんで高校を一時休職したなんてとんでもねえ！　ばかも休み休み言えってんだ！　高校のほうが学期の途中であいつを追い出したのさ——なぜそういう処分をくらったか、おれだっておまえには言いたかねえよ、言いたかねえが、相手は十七歳の子供だぜ——そいつに手を出しちまったんだ、あの女！

ブランチ　（歌っている）

たとえサーカス芝居でも
どんないかさま舞台でも——

バスルームでザーッと水の流れる音。まるで子供が風呂桶《ふろおけ》のなかでふざけているかのような、息をはずませた小さな叫び声と、高々と続く笑い声。

ステラ　そんな話——胸が悪くなる！
スタンリー　子供のおやじがそれを知って、高校の校長にご注進におよんだ。ヘッ、どうだい、おれも見たかったたね、レディー・ブランチおとり調べの一幕ってやつだ！　なんとか追及の手をのがれようと、さぞ悪あがきしたろうな！　ところが今度だけはギュッと急所をおさえられたんで、さすがのあの女も万事休すと観念した！　結局、どこかへ河岸《かし》を変えることだね、なんて言われてさ。事実上、彼女追放の市条令が公布されたってわけだ！

バスルームのドアが開いて、ブランチが髪にタオルを巻いた頭を突き出す。

ブランチ　ステラ！

ステラ　（消え入りそうな声で）なあに、ブランチ？
ブランチ　バスタオルをもう一枚貸して、髪をふくのに。いま洗ったとこなの。
ステラ　いいわ。（茫然《ぼうぜん》とした足どりで、台所からバスルームのドアまでタオルを運ぶ）
ブランチ　どうしたの、ステラ？
ステラ　どうしたのって、なにが？
ブランチ　なんだかおかしな顔してるじゃない！
ステラ　ああ――（笑おうとする）ちょっと疲れてるのよ！
ブランチ　あんたもひと浴びしたら、私すぐ出るから。
スタンリー　（台所から呼びかける）すぐっていうのはどのくらいですかね？
ブランチ　とてつもなく長くはかからないってことよ！　心を静めてお待ちになって。
スタンリー　心を静めても待てねえものがあるんだ、ションベンだよ！

ブランチはドアをピシャッと閉める。スタンリーは荒々しく笑う。ステラはゆっくり台所へもどる。

スタンリー　で、おまえ、どう思う？
ステラ　いまの話、全部が全部ほんとうとは思えないわ。それにそんなこと言うなんて、その仕入れ係、卑劣だわ、きたない男よ。そりゃあ少しはほんとうのこともあるかもしれないわ。姉さんにはあたしだって感心できないとこがあるんだから――うちでも困ってたようなとこが。いつも――気まぐれで！

スタンリー　気まぐれとはうまいことばだな！

ステラ　でもね、姉さんは若いときに、恐ろしい経験をしてるの――夢がこわれてしまうような！

スタンリー　どんな経験だい？

ステラ　つまり、結婚してるのよ、まだ――ほんの子供だったときに！　詩を書いたりしていた少年と……並はずれた美少年だったわ。ブランチはその子をただ愛したなんてもんじゃなかった、崇拝したのよ、その子が歩いた土に口づけしかねないほど！　熱愛するあまり、その子を人間以上のものと思ってしまったのね！　ところがある日、姉さんにわかってしまった――

スタンリー　なにが？

ステラ　その秀才の美少年がホモだったってこと。仕入れ係はその話しなかったの？

スタンリー　おれたちが話しあったのは最近のニュースだけさ。その一件はかなり昔のことだろう。

ステラ　ええ、かなり――昔のことだわ――

スタンリーはステラのそばへ行って、やさしく両肩をつかむ。ステラはそっと身を引くと、機械的にバースデー・ケーキにピンクの小ろうそくをさしはじめる。

スタンリー　そのろうそく、何本立てるんだい？
ステラ　二十五本にしとくわ。
スタンリー　だれかくるのか？
ステラ　ミッチを招《よ》んだの、ケーキとアイスクリームを用意するからって。

スタンリーはやや気まずそうな顔をする。彼は吸い終わったタバコの火でもう一本新しいのに吸いつける。

スタンリー　ミッチは今夜こねえだろうな。

ステラはろうそくを立てていた手をとめて、ゆっくりスタンリーのほうにむきなおる。

ステラ　ど、う、し、て？

スタンリー　ミッチはおれの親友だぜ。軍隊でもいっしょだった――二四一工兵隊だ。いまだって工場もいっしょなら、ボーリング・チームもいっしょだ。そのミッチに顔むけできると思うか、もしおれが――

ステラ　スタンリー！　あんた――あんた、しゃべったの、その仕入れ係の――？

スタンリー　ああ、しゃべったさ！　これだけのネタを握っていながら、いちばんの親友がわなに引っかかるのを黙って見すごしてみろ、おれは生涯《しょうがい》良心の痛みに悩まされるだろうぜ！

ステラ　ミッチは、姉さんとはおしまいなの？

スタンリー　おまえならどうする、もし――

ステラ　あたしがきいてるのよ、ミッチは姉さん、と、は、お、し、ま、い？

ブランチの歌声がふたたび高まる、鈴の音のように澄んだ声である――「嘘もまことになるものよ　ただ　私を信じたら」

スタンリー　ま、おしまいにするとはかぎらんだろうが――利口にはなったろうな！

ステラ　スタンリー、姉さんはね、ミッチが――きっと――そのうち結婚してくれると思ってるのよ。あたしもそうなればいいと思ってたわ。

スタンリー　結婚はまずしねえよ、あいつ。その気があったかもしれんが、フカがうようよ泳いでる水槽《すいそう》に飛びこむようなばかなまねはしねえだろう——いまとなっちゃあ！（立ちあがる）ブランチ！　ブランチさんよ！　バスルームに入れていただけませんかね？（間《ま》）

ブランチ　入れてさしあげますわ！　ほんの一秒お待ちください、からだをふくあいだ。

スタンリー　一時間待たされたんだから、あと一秒ぐらいあっという間だってことかい。

ステラ　おまけに、姉さん、働こうにも口がないのね？　どうするんだろう？

スタンリー　ここから出て行くさ、火曜日に。わかってるだろうな、おい？　念のためにおれ、切符を買っといてやったぜ。バスの切符！

ステラ　そんなことしたって、姉さんはバスで行きっこないわ。

スタンリー　それが行くんだよ、喜んでな。

ステラ　行かないわよ、ええ、行きませんとも！

スタンリー　行くんだ！　これで終わり！　なお、行くのは火曜日だ！

ステラ　（ゆっくりと）どう——するんだろう——姉さん？　いったいどう——するんだろう！

スタンリー　あの女の将来ははっきり決まってるぜ。

ステラ　どういうこと？

ブランチは歌う。

スタンリー　おい、カナリヤ娘！　お嬢さんよ！　バ、バスルーム、か、か、か、出てこい！　もっとはっきり言わなきゃわからねえのか？

バスルームのドアがさっと開いて、ブランチが楽しそうな笑い声をあげながら出てくる。だが、スタンリーとすれちがうとき、その顔におびえたような、恐怖に近い表情が浮かぶ。スタンリーは彼女を見ようともせず、バスルームに入ってドアをバタンと閉める。

ブランチ　(ヘアブラシをとって)ああ、いい気持、熱いお風呂にゆっくり入ったあとは、ほんと、いい気持だわ、さっぱりして――気持が休まって！

ステラ　(台所から、悲しげに、疑わしげに)そうお、ブランチ？

ブランチ　(勢いよく髪にブラシを当てながら)そうよ、生まれ変わったみたいに。(ハイボールのグラスをカチンと鳴らして)熱いお風呂からあがって、冷たい飲物をグーッとやると、人生が光り輝いているように見えてくるわ！　(仕切り幕のあいだから、そこに立っているステラを見て、ゆっくりブラシの手をとめる）なにかあったのね！——なんなの？

ステラ （す早く顔をそむけて）なんにもありゃしないわよ、ブランチ。

ブランチ 嘘《うそ》！ なにかあったんだわ！

ブランチは不安そうにステラを見つめる。ステラはテーブルの用意にいそがしそうなふりをする。遠くのピアノが熱っぽい終止部に入る。

第八場

四、五十分後。

大きな窓から見えている外の風景は次第に薄れ、静かな金色の夕闇《ゆうやみ》にのまれていく。空地のむこうの大きな水槽かドラム缶《かん》の側面に、入り日がたいまつのように赤々と照り映え、その先のビル街では、明かりをつけた窓や西日を反射する窓が夕闇のなかに点々と浮かびあがっている。

三人が陰気な誕生祝いの夕食を終えようとしている。スタンリーは不機嫌《ふきげん》な顔つき。ステラは当惑して悲しげな様子。

ブランチは、引きつった顔にこわばったわざとらしい微笑を浮かべている。

テーブルには四人目の椅子《いす》が空席のままになっている。

ブランチ　（突然）スタンリー、なにか笑い話でも聞かせて。冗談話で私たちを笑わせてちょうだい。いったいどうしたの、みんなでむつかしい顔をして。私がボーイフレンドにすっぽかされたから？　（ステラが弱々しく笑う）いままでいろんな男の人とつきあってきたけど、ほんとうにすっぽかされたのはこれがはじめての経験！　ハハハ！　だからどうしたらいいのか、私、わからないわ……おもしろい小話でも聞かせてよ、スタンリー！　私たちがパーッと明るくなるような。

スタンリー　おれの話がお気に召すとは思わなかったね。

ブランチ　おもしろいお話なら好きよ、下品でさえなければ。

スタンリー　あんたのお好みにあうようなお上品な話は知らんな。

ブランチ　じゃ、私がしましょうか。

ステラ　それがいいわ、ブランチ。おもしろい話をたくさん知ってたわね、昔は。

音楽が次第に消える。

ブランチ　どれがいいかしら……私のレパートリーを調べてみなくちゃ！　そうだ——あのオウムの話がいい、私、大好き！　みなさん、オウムの話でいいですか？　では、これはオールドミスとオウムの話です。あるオールドミスが一羽のオウムを飼っていました、ところがこのオウムときたら、のべつ憎まれ口をたたきどおし、下品なことばを知ってることでは、ミスター・コワルスキー以上！

スタンリー　ヘッ！

ブランチ　そのオウムを黙らせるには、籠《かご》に覆《おお》いをかぶせ、夜になったと思わせ、眠らせるしかありませんでした。さて、ある朝、オールドミスが籠の覆いをとってやって間もなく――玄関先に、なんと、牧師さんがやってくるではありませんか！　彼女はあわててオウムのところに駆けもどり、もう一度籠に覆いをかぶせてから、牧師さんをなかへ通しました。オウムはコソとも音を立てず、静まりかえっていました。ところがです、彼女が牧師さんに、コーヒーにはお砂糖を何杯入れましょうか、ときいたとたん――オウムは沈黙を破り、一声高く――（口笛を吹く）――こう言いました――「チキショウ、ヤケに短《みじけ》え一日だったなあ！」

ブランチは上をふり仰いで笑う。ステラもおかしがって見せようとするが、うまくいかない。スタンリーはその話にまるっきり注意をむけず、テーブルのむこうに手を伸ばし、まだ残っていた骨つきの肉にフォークを突き刺し、それを手づかみで食べる。

ブランチ　ミスター・コワルスキーにはおもしろくなかったようね。

ステラ　ミスター・コワルスキーは豚のように食べるのに夢中で、ほかのことを考える暇なんかないのよ！

スタンリー　ああ、そのとおりさ。

ステラ　まあまあ、顔も指も脂《あぶら》でベトベトじゃない。洗ってらっしゃいよ、あとでここをかたづけるの手伝ってね。

スタンリーは皿《さら》を一枚床に投げる。

スタンリー　かたづけたぞ、おれのやりかたでな！（ステラの腕をつかむ）おれにむかってなんて口のききかたするんだ！「豚——ポーラック——いやらしい——下品——脂でベトベト！」——そういったことばが少し多すぎやしねえか、おまえも、おまえの姉さんも！　おまえたちは自分を何様《なにさま》だと思ってやがるんだ？　お二かたの女王様か？　ヒューイ・ロングのことばを覚えといてほしいな——「人間だれでも王者なり」ってんだ！　この家じゃあおれが王様だぞ、肝に銘じとけ！（カップと受け皿を床に投げる）おれのはかたづいた！　おまえたちのもかたづけてやろうか！

ステラは弱々しく泣きはじめる。スタンリーは大股《おおまた》で歩いてポーチに出て、タバコに火をつける。
角の先から黒人楽師たちの演奏が聞こえてくる。

ブランチ　私がお風呂《ふろ》に入っているあいだになにがあったの？　あの人はなにを言ったの、ステラ？

ステラ　なんにも、なんにも言わなかったわ！　なんにもよ！

ブランチ　なにか言ったんでしょ、ミッチと私のことで！　あんた、ミッチがこないわけを知ってるくせに、教えてくれないのね！（ステラはどうしようもなげに首を振る）あの人に電話してみる！

ステラ　あたしならそんなことしないわ、ブランチ。

ブランチ　私はするの、電話に出てもらうわ。

ステラ　（なさけなさそうに）やめて、お願いだから。

ブランチ　だれかに説明してもらわなくちゃ。

ブランチは寝室の電話のところに駆け寄る。ステラはポーチに出て、非難するように夫をにらむ。スタンリーは喉《のど》の奥でブツブツ言って彼女に背をむける。

ステラ　あんたはご自分のなさったことに満足してるんでしょうね。あたし、こんなつらい思いをしたのははじめて。食事もろくろく喉を通らなかったわ、姉さんのあの顔と、

からっぽの椅子を見てると。(静かに泣く)

ブランチ　(電話に)もしもし。ミッチェルさんがおいででしたら……そうですか……ではこちらの番号を控えておいてください。マグノリアの九〇四七。大事な用件だとお伝え願います……ええ、とっても大事なんです……よろしく。(途方にくれた、おびえた顔つきで、電話のそばに立ちすくむ)

スタンリーはゆっくり妻のほうにむきなおり、ぎごちなく両腕で抱き寄せる。

スタンリー　ステラ、だいじょうぶ、うまくいくさ、あの女が行っちまって、おまえが赤ん坊を産んだらな。おまえとおれのあいだも、もとどおりうまくいくんだ。もとはどうだったか、覚えてるだろう?　毎晩、楽しかったじゃないか?　なあ、ステラ、またもとのように楽しくやれるんだぜ、毎晩大騒ぎして、色電球をぶらさげたりしてさ。だれかの姉さんがカーテンのかげで立ち聞きしてるなんてことはもうないんだ!

二階の夫婦がなにかにおかしがってけたたましく笑う声が聞こえる。スタンリーはくすくす笑う。

ステラ　スティーヴとユーニスか……

ステラ　そろそろもどりましょう。（台所へもどって、白いケーキのろうそくに火をつけはじめる）ブランチ？

ブランチ　いま行くわ。（寝室から台所のテーブルのところへもどる）まあ、かわいいちっちゃなろうそく！　燃やしてしまうなんてもったいないわ。

ステラ　いいのよ。

スタンリーがもどってくる。

ブランチ　赤ちゃんのお誕生日のためにとっといてあげなくちゃ。その子の生涯《しょうがい》にろうそくの火が赤々と燃えてほしい、そしてその子の目がろうそくのように輝いてほしい、真白なケーキにともされた青いろうそくの二つの光のように！

スタンリー　（腰をおろしながら）たいした詩人だぜ！

ブランチ　その子の伯母さんはろうそくの火が不滅の光でないことぐらいわかっている、その火は小さな子供の目のなかで燃えつきるかもしれない、風で吹き消されるかもしれない、そしてそのあと、電球がつけられ、あからさまにものごとが見えるようになり……（一瞬考えこむような沈黙）私、電話するんじゃなかった。

ステラ　きっと急な用事ができたのよ。

ブランチ　言いわけにもならないわ。私、侮辱されて黙ってるわけにはいきません。どんなあつかいをしてもいい女だと思われるのはごめんだわ。

スタンリー　ええい、糞《くそ》、暑苦しくてたまんねえな、バスルームから湯気がムンムン立ちこめてきやがる。

ブランチ　すみませんって、三回も言ったでしょう。（ピアノの音が消える）熱いお風呂に入るのは神経にいいからなのよ。温浴療法って言って。あなたのようなお丈夫なポーラックは、神経なんてからだのどこにもないだろうから、もちろん不安感ってどんなものかご存じないでしょうけど！

スタンリー　ポーラック？　ポーランドの人間はポーランド人って言うんだ、ポーラックじゃなく。それにこのおれは、百パーセント、アメリカ人だ、生まれたのも育ったのも世界一偉大なこの国だし、それがなによりご自慢なんだ。だからおれをポーラックなんて呼ぶのはよしてくれ。

電話が鳴る。ブランチは待っていたとばかり立ちあがる。

ブランチ　私よ、きっと。
スタンリー　ちがうな、きっと。すわってな。(ゆっくり電話のところへ行く) もしもし。やあ、おまえか、マック。
　スタンリーは壁によりかかって、ばかにしたような目でブランチを見つめる。ブランチはおびえたような表情で椅子に沈みこむ。ステラは身を乗り出してブランチの肩に手をおく。
ブランチ　さわらないで、ステラ。どうしたっていうの？　どうしてそんなあわれむような目で私を見るの？
スタンリー　(わめく) やい、うるせえぞ！　——いやあ、おれんちには騒々しい女が一人いるんでね——それで？　ライリーのとこ？　あそこでボーリングやるのはごめんだな。やつと先週ちょっと喧嘩《けんか》しちまったんだよ。チームのキャプテンはおれだろ？　そんならライリーのとこはよそう、ウエスト・サイドかゲーラだ！　よおし。じゃあ、マック、またな！
　スタンリーは電話を切ってテーブルにもどる。ブランチは懸命に気を静めようとして、タンブラーの水をそっと飲む。スタンリーはブランチを見ようともせずに、ポケットを探る。それからゆっくりとわざとらしいやさしさをこめて言う。

ブランチ姉さん、お誕生日のささやかなプレゼントを用意してるんだがね。

ブランチ　まあ、ほんと、スタンリー？　夢にも思わなかったわ、私――だいいちステラがなぜ祝ってくれる気になったのかもわからないぐらいですもの！　私のほうは忘れたいと思ってるのに――だって女は――二十七にもなると！　――年のことなんて――忘れたい話題よ！

スタンリー　二十七！

ブランチ　（す早く）なんなの、それ？　私に、くださるの！

スタンリーは小さな封筒をブランチにさし出している。

スタンリー　そうさ、気に入ってくれると嬉《うれ》しいがな！

ブランチ　まあ、これは――これは――

スタンリー　切符だよ！　ローレル行きの！　グレーハウンド・バス！　火曜日だ！

〈ワルシャワ舞曲〉がそっと聞こえてきて、しばらく続く。ステラは急に立ちあがり、背中をむける。ブランチはほほえもうとする。それから、声をあげて笑おうとする。やがてどちらもあきらめ、ぱっとテーブルから立つと、隣の部屋に駆けこむ。さらに喉をおさえると、バスルームに駆けこむ。咳《せ》きこみ、嘔吐《おうと》する音が聞こえる。

スタンリー さあてと！
ステラ ああまでしなくてもよかったのに。
スタンリー おれがあの女にどんなめに会わされたか、忘れないでほしいな。
ステラ 残酷すぎるわ、あんな孤独な人に。
スタンリー しかもあんなデリケートな人にか。
ステラ そうよ。そうだったのよ。あんたは少女時代のブランチを知らないけど、あんなに気のやさしい素直な人って、ほかにだれも、だれ一人いなかったわ。それなのにあんたみたいな人たちがさんざんいじめたので、あんなふうに変わってしまったのよ。

スタンリーは寝室に行き、シャツをかなぐり捨て、はでな絹のボーリング・シャツに着がえる。ステラはそのあとについて行く。

こんなときにボーリングに行くつもり？

スタンリー　ああ。

ステラ　行かせないわ。（スタンリーのシャツをつかむ）どうしてあんなことしたの？

スタンリー　あんなことって、なんにもしなかったぜ、おれ。放せよ。シャツが破けるじゃないか。

ステラ　どうしてなの？　わけを言ってよ。

スタンリー　おれたちがさ、おれとおまえがはじめて会ったとき、おまえはおれのことを下品だと思ったろ。そのとおり、おれは下品も下品、人間の屑《くず》だったよ。おまえは大きな円柱が並んだお屋敷の写真を見せてくれたな。おれはおまえをその円柱から引きずりおろした。だがおまえも大喜びだったじゃないか、色電球をいっぱい吊《つ》るしてさ！　おれたち、楽しかったたろ、なにもかもうまくいってたろ、あの女がくるまでは？

ステラはかすかに身動きする。その目は、内なる声に名前を呼ばれたかのように、突然心の内部にむけられる。彼女は寝室から台所までゆっくり足を引きずって歩き出す。そして、目が見えず、聞き耳を立てるような表情で、椅子《いす》の背に、次いでテーブルの端に、よりかかって息をつく。スタンリーはシャツを着なおしていて、ステラの反応には気がつかない。

なあ、楽しかったじゃないか、おれたち？ うまくいってたじゃないか？ あの女がくるまで。お高くとまってさ、おれのこと、類人猿《るいじんえん》とぬかしやがった。(突然ステラの変化に気がつく) おい、どうした、ステラ？ (彼女のそばに行く)

ステラ (静かに) 病院へ連れてって。

スタンリーはステラに寄りそい、片腕で抱きかかえ、なにごとかささやきながら外へ連れ出して行く。
〈ワルシャワ舞曲〉が聞こえる。その曲が不吉な早さで急速に高まると、バスルームのドアがかすかに開く。ブランチが手ぬぐいをひねりまわしながら出てくる。明かりがゆっくり溶暗するなかで、彼女はつぶやきはじめる。

ブランチ トーモロコシ・パン、トーモロコシ・パン、
塩抜きパン。
トーモロコシ・パン、トーモロコシ・パン、
塩抜きパン……

第九場

同じ夜、しばらく後。ブランチは、緑と白の斜めの縞模様《しまもよう》のカヴァーをかけなおした寝室の椅子に、前かがみの堅苦しい姿勢ですわっている。深紅のサテンのローブを身につけている。椅子の横のテーブルには、酒瓶《さけびん》が一本とグラスが一個。テンポの速い、熱っぽいポルカの曲、〈ワルシャワ舞曲〉が聞こえている。これはブランチの心のなかで鳴りひびいている曲なのである。彼女はその曲から、そして襲いかかってくる破滅への危機感からのがれようとして酒を飲んでいる、だがその曲の歌詞を口ずさんでいるようにも見える。扇風機が首を振って彼女に風を送っている。

ミッチが角をまわって現われる、紺のデニムのシャツとズボンという、作業服姿である。髭《ひげ》もそってない。彼は階段をのぼり、ドアのベルを鳴らす。

ブランチはギクッとする。

ブランチ　どなた?

ミッチ　(しわがれ声で) おれだよ。ミッチ。

ポルカの曲がやむ。

ブランチ　ミッチ！　ちょっと待って。

ブランチは狂気のていで駆けまわり、酒瓶を戸棚《とだな》にかくし、鏡の前に身をかがめ、化粧水とパウダーで顔をなおす。あまりに興奮しているので、駆けまわるときの息づかいが聞きとれるほどである。ようやく台所のドアに駆けつけ、ミッチをなかへ入れる。

ミッチ！――いいこと、ほんとうはお通しできないところよ、今夜のような仕打ちをされたあとでは！　あんな騎士道に反するやりかたってないわ！　でもまあ、いらっしゃい、美しい騎士！

ブランチは唇《くちびる》を突き出す。ミッチはそれを無視し、彼女を押しのけて部屋に入る。彼女は、大股《おおまた》で寝室に行く彼の後ろ姿を、不安そうに見送る。

まあ、冷たいのねえ、肩をいからせて！　雷のきそうな顔をして！　それにまた異様なふうてい！　おや、お髭もそってない！　レディーにたいする許しがたい侮辱よ！　でも許してあげる。許してあげるわ、お目にかかれてほっとしたから。おかげで、いままで頭にこびりついていたポルカの曲がやんでしまった。なにかが頭にこびりついて離れないってこと、あなたにもあるかしら？　あることばとか、音楽とかが？　いつまでも、いやになるほど、こびりついて離れないってこと？　もちろんないわね、あなたのようなおとなしい無邪気な坊やには、そんなこわい思いがとりつくわけがない！

ミッチは、しゃべりながらついてくるブランチをじっと見つめている。彼がここにくる途中で二、三杯飲んできたことはあきらかである。

ミッチ　あの扇風機、つけとかなきゃならんのか？

ブランチ　いいえ！

ミッチ　扇風機は嫌《きら》いなんだ、おれ。

ブランチ　ではとめましょう。私だって特に好きってわけでもないのだから。

ブランチがスイッチを押すと、扇風機はゆっくり回転をとめる。ミッチは寝室のベッドにどさっと腰をおろし、タバコに火をつける。ブランチはそわそわと咳払《せきばら》いする。

ミッチ　ええと、どんな飲物があったかしら。まだ――調査してなかったけど。

ブランチ　スタンの酒なら飲みたくない。

ミッチ　スタンのじゃないわ。ここにあるのが全部スタンのものとはかぎらないのよ。当家には正真正銘私のものだってございます！　ところでお母様はいかが？　ご病気のほうは？

ブランチ　どうして？

ミッチ　今夜は少しおかしいわね、でもいいわ。証人の反対訊問《じんもん》はさしひかえましょう。あなたが多少――（ぼんやり額《ひたい》に手をあてる。ポルカの曲がまたはじまる）――いつもとちがっていても、気がつかないふりをして！　また――あの曲が……

ブランチ　あの曲って？

ミッチ　〈ワルシャワ舞曲〉！　あのとき流れていたポルカ、アランが――待って！

ブランチ　遠くでピストルの音、ブランチはほっとした様子。

ほら、ピストルの音！　これでいつもおしまい。

ポルカの曲がまたやむ。

やっぱり、とまったわ。

ミッチ　頭がどうかしたんじゃないのか？

ブランチ　捜してくるわね、なにかちょっとした——（戸棚に行って捜すふりをする）そうそう、こんなかっこうでごめんなさい。だってあなたのこと、すっかりあきらめていたんですもの！　夕食へのご招待、お忘れだったの？

ミッチ　あんたには二度と会わないつもりだった。

ブランチ　ちょっと待って。よく聞こえないわ。口数の少ないかただから、なにかおっしゃるときにはひとことだって聞きもらしたくないの……なにを捜してたんだっけ？そう——お酒！　今夜たいへんな騒ぎがあったので、私、頭がどうかしちゃったみたい！（急に酒瓶が見つかったふりをする。ミッチはベッドの上に片足を立て、軽蔑したように彼女をにらんでいる）あった。〈サザン・カンフォット〉！　なにかしら、これ？

ミッチ　あんたが知らないなら、スタンのだろう。

ブランチ　ベッドから足をおろしてちょうだい。薄い色のカヴァーがかかってるでしょ。もちろん男のかたはそんなことに無関心でしょうけど。私、ここへきてから、いろいろ模様変えしたのよ。

ミッチ　だろうな。

ブランチ　以前はどんなだったかご存じね。だったらよく見て！　いまのこの部屋はほとんど——優雅と言えるわ！　私はこういうふうにしておきたいの。これ、なにかまぜるほうがいいかしら？　ンンンン、甘いわ、とっても！　すごく甘い！　リキュールね、きっと！　そう、リキュールにちがいない！　(ミッチは不機嫌《ふきげん》そうに喉《のど》を鳴らす）お口にあわないかしら。でもためしてみて、もしかしたらあうかもしれないわ。

ミッチ　さっき言ったろう、スタンの酒なんか飲まんと言ったら飲まんのだ。あんたも手をつけないことだな。やつの話だと、あんた、夏のあいだずーっと、やつの酒をウワバミみたいにあおってたそうじゃないか。

ブランチ　まあ、ばかばかしい！　そんな作り話をするあの男もばかばかしければ、それをもっともらしくくり返すあなたもばかばかしいわ！　そんなくだらない中傷には弁解する気にもなれやしない、あんまり程度が低くて！

ミッチ　ヘッ！

ブランチ　いったいなにを考えてらっしゃるの？　なにかありそうな目つきね。

ミッチ　(立ちあがって）暗いな、ここは。

ブランチ　私は暗いほうが好き。暗いと心が休まるから。
ミッチ　そう言や、明るいとこであんたを見たことなかったな。（ブランチは息を切らして笑う）ほんとだぜ。
ブランチ　そうかしら？
ミッチ　昼間会ったことなんて一度もない。
ブランチ　それはだれのせい？
ミッチ　昼間は外に出たがらないからさ。
ブランチ　だって、ミッチ、昼間はあなた、工場じゃないの！
ミッチ　日曜は別だぜ。日曜に何度か誘ったが、いつもなんのかんのと言っておことわりだろ。六時をすぎなきゃ出たがらないし、出かけるのはきまって薄暗い場所だ。
ブランチ　なにか意味ありげなおことばね、私には推測しかねるけど。
ミッチ　おれの言う意味はだな、ブランチ、あんたの顔をまだ一度もちゃんと見ていないってことさ。
ブランチ　だからどうだって言うの？
ミッチ　明かりをつけようって言うんだ。
ブランチ　（恐ろしそうに）明かりって、どの？　なんのために？
ミッチ　これだよ、この紙っきれのついたやつ。（電球から紙提灯《かみぢょうちん》を引きちぎる。ブランチは

おびえて息をのむ）
ブランチ　どうしてそんなことを？
ミッチ　あんたの顔を見てやろうと思ってな、はっきりと！
ブランチ　まさか私を侮辱する気じゃないでしょうね！
ミッチ　ああ、ただ真実を知りたいだけだ。
ブランチ　真実なんて大嫌い。
ミッチ　だろうな、おそらく。
ブランチ　私が好きなのはね、魔法！（ミッチは笑う）そう、魔法よ！　私は人に魔法をかけようとする。物事を別の姿にして見せる。真実を語ったりはしない。私が語るのは、真実であらねばならないこと。それが罪なら、私は地獄に堕《お》ちたってかまわない！――明かりをつけないで！
ミッチはスイッチのところへ行く。明かりをつけ、ブランチを見つめる。彼女は悲鳴をあげ、顔をおおう。ミッチはスイッチを切る。
ミッチ　（ゆっくりと、苦々しげに）年のことなんかどうだっていいんだ。そんなことより――ああ！　考えかたが古いのなんのと、一夏かかってでっちあげたお伽話《とぎばなし》！　そりゃあ、あんたがもう十六の小娘じゃないことぐらいわかってた。だがまともな女だと信じていたとは、おれもとんだ阿呆《あほう》だったよ。

ブランチ　だれが言ったの、私が――「まとも」じゃないなんて！　あのやさしい義理の弟ね。あの人の話を信じるとは。

ミッチ　最初はおれも、嘘《うそ》つきめって言ってやったさ。それから自分で調べてみた。まずローレルへ行き来している仕入れ係に話をきいた。それから長距離電話で直接その商人にあたったんだ。

ブランチ　その商人って？

ミッチ　キーフェイバー。

ブランチ　ローレルの商人キーフェイバー！　その男なら知ってるわ。私にいやらしいことしかけてきたので、たしなめてやったことがある。その仕返しにいま、ありもしない話をでっちあげたのね。

ミッチ　その話には三人も証人がいるんだぜ、キーフェイバーに、スタンリーに、ショーだ！

ブランチ　ワイワイガヤガヤ三人男！　そろいもそろって不潔なやくざ！

ミッチ　あんたが泊まっていたホテルは、フラミンゴって言うんだろ？

ブランチ　フラミンゴ？　いいえ！　タランチュラよ！　私が泊まっていたホテルは、タラ

ミッチ （ポカンとして） タランチュラ？

ブランチ　そう、女郎蜘蛛《じょろうぐも》のこと！　そこよ、私が獲物をくわえこんだのは。（自分のグラスにもう一杯注《つ》ぐ）そう、私は見ず知らずの人に次から次へ身をまかせたものだわ。アランが死んでから——見ず知らずの人に身をまかせること以外に、うつろな心を満たしてくれるものはないように思われた……ただもうこわかったから、こわさに駆り立てられて、次から次へ、私を守ってくれる人を捜し求め——あちらこちらと、見つかるあてもない ところまでほっつき歩き——とうとう、おしまいには、十七歳の少年にまで——ところが校長あてに手紙を書いた人がいた——「この婦人は素行上教職には不適当であります！」

ブランチはあおむいて、引きつったようにむせびながら、泣き笑いする。それからもう一度、その文句をくり返し、あえぎ、酒を飲む。

そうかしら？　そうでしょうね、きっと——まあ、不適当でしょう——とにかく……そういうわけでここにきたの。ほかに行き場所がなかったので。私はもうすっかりおしまいだった。おわかりね、すっかりおしまいになるってこと？　私の青春が突然、竜巻《たつまき》に巻きこまれて、すっ飛んでしまい、そこで――あなたに会った。あなたは言ったわね。だれかが必要だって。私もだれかが必要だった。あなたがやさしいかたのようだったので、私、神様に感謝したわ――世間という冷たい岩肌《いわはだ》に、やっとわが身をかくしうる割れ目を見つけたと思って！　あわれな人間にも楽園はある、それは――ささやかな平和……でも私の願いは、希望は――高望みだったらしい！　キーフェイバー、スタンリー、ショーの三人が、舞いあがった凧《たこ》を地上に引きずりおろしてしまった。

間《ま》。ミッチはものも言えずにブランチを見つめている。

ミッチ　嘘をついてたんだな、ブランチ。

ブランチ　嘘なんて、そんな。

ミッチ　嘘だ、嘘、なにもかも大嘘だ。

ブランチ　ちがうわ、少なくとも心のなかでは嘘をついたことはなかった……

物売り女が角をまわって現われる。盲目のメキシコ女で、黒っぽいショールをまとい、メキシコの下層階級の人たちが葬式や祭りのときに飾る、けばけばしい錫箔《すずはく》の造花の束をもっている。彼女はやっと聞きとれるぐらいの売り声をあげる。その姿も屋外ではやっと見わけられるぐらいである。

メキシコ女　フローレス。フローレス。ご供養《くよう》の花はいかが。フローレス。フローレス。

ブランチ　え？　ああ、外の声ね……私がかつて——住んでいた家では、死にかけているお婆《ばあ》さんたちがあの世の夫のことを思い出していた……

メキシコ女　フローレス。ご供養の花……

ポルカの曲が静かに聞こえはじめる。

ブランチ　（ひとりごとのように）色あせて、病み衰えて——泣きごとと、恨みごとばかり……「あんたがちゃんとやってくれたら、こんなめに会わずにすんだのに！」

メキシコ女　コローネス。ご供養の花輪はいかが……

ブランチ　遺産！　なにが遺産よ！　……それにあの血にまみれた枕《まくら》カヴァー——「あの人のシーツもとりかえてやらなきゃ」——「そうね、お母さん。でもそういうことをやらせる黒人のメードはやとえないの？」もちろん無理だった。なにもかもなくしてしまって、残っていたのは——

メキシコ女　フローレス。
ブランチ　死神だけ――私がここにすわってるとすると、お母さんがそこ、そしてすぐそばに、あなたのあたりに、死神がいた……それなのに二人ともこわくて、全然気がつかないふりをしていた！
メキシコ女　フローレス。ご供養の花――フローレス……
ブランチ　死の反対は欲望。おかしい？　おかしいことないでしょう！　ベルリーヴからそう遠くないところに、ベルリーヴを手放す前のことだけど、新兵を訓練する陸軍兵舎があった。土曜の夜になると、兵隊たちは町へお酒を飲みに行った――
メキシコ女　（そっと）コローネス……
ブランチ　――そしてその帰り道、千鳥足でうちの芝生に入りこみ――「ブランチ！　ブランチ！」って声をかけた――最後まで生き残っていたお母さんは、耳が遠くてなんにも気がつかなかった。でも私は、ときどきこっそり外に出て、その声に答えてやった……やがて輸送車がやってきて、兵隊たちをヒナギクのように摘みとり……はるかな家路へと……

メキシコ女はゆっくりむきを変え、低いもの悲しげな売り声をあげながら、もときたほうへふらふらと引き返して行く。ブランチは化粧机のところへ行き、手をついてもたれる。一瞬ののち、ミッチは立ちあがり、意味ありげにブランチの背後に近づく。ポルカの曲が次第に消えて行く。ミッチはブランチの腰に両手をあて、むきを変えさせようとする。

ブランチ　なになさるの？

ミッチ　（不器用な手つきで抱こうとあせりながら）夏のあいだやらせてもらえなかったことさ。

ブランチ　じゃあ、結婚して、ミッチ！

ミッチ　もう結婚なんかする気はないね。

ブランチ　ない？

ミッチ　（ブランチの腰から両手をおろして）おふくろと同じ家に入れられるか、あんたのような汚《けが》れた女を。

ブランチ　それなら帰って。（ミッチはブランチを見つめる）出て行ってよ、ぐずぐずしてると火事だってどなるわよ！（ヒステリーで喉が引きつる）さっさと出て行かないと、火事だってどなるわよ！

ミッチはまだ見つめたまま動かない。ブランチは突然、夏の夜のやわらかな光を

く四角に区切った大きな窓のところへ駆けて行き、狂気のように叫ぶ

火事だ！　火事だ！　火事だ！

ミッチはハッと息をのむと、表のドアから飛び出し、ガタガタとぎこちなく階り、建物の角をまわって走り去る。ブランチはよろめきながら窓からもどり、膝をく。遠くでピアノがゆっくりともの悲しげに。

第十場

同じ夜、二、三時間後。

ブランチは、ミッチが出て行ったあと、ほとんど休みなしに飲み続けていた。彼女の衣装トランクが寝室の中央に引きずり出されている。開きっ放しのその上に、何着かの花模様のドレスが投げかけられている。酒を飲みながら荷造りしているうちに、ヒステリックな狂躁状態《きようそう》におちいり、彼女は薄汚れてしわになった白のサテンのイーヴニング・ドレスと、踵《かかと》に飾りダイヤのついたすりへった銀色の靴《くつ》で、自分を飾り立てている。

いま彼女は化粧机の鏡にむかい、頭に模造ダイヤの髪飾りの冠《テイアラ》をのせながら、取り巻きの男たちの幻影に話しかけるかのように、興奮してつぶやいている。

ブランチ　石切り場の跡へ行ってひと泳ぎしましょうよ、月の光を浴びながら！　どなたか、車を運転できるぐらいしらふのかたがおいでになればの話だけど！　ハハハ！　酔った頭をすっきりさせるには泳ぐのがいちばん！　ただ、跳びこむときはどこが深いかよく注意なさらないと――岩に頭をぶつけたら明日の朝まであがってこられませんからね……

彼女はふるえる手で手鏡をとりあげ、自分の顔をもっと間近に見なおす。ハッと息をのみ、鏡の面を伏せて激しく机にたたきつけるので、鏡が割れてしまう。低いうめき声をあげ、立ちあがろうとする。

スタンリーが建物の角をまわって現われる。まだ鮮やかな緑の絹のボーリング・シャツを着たままである。彼が角を曲がるとき、安酒場の音楽が聞こえはじめる。それはこの場の終わりまで静かに続いている。

スタンリーは台所に入り、ドアをバタンと閉める。ブランチのほうをのぞきこんで、低く口笛を吹く。彼は帰る途中二、三杯飲んできたのだが、いまもビール瓶《びん》を何本かかかえている。

ブランチ　どうなの、ステラは？

スタンリー　だいじょうぶだ。

ブランチ　赤ちゃんは？

スタンリー　（愛想よくニヤッと笑って）朝になるまで生まれないいから、帰ってひと寝入りしろって言われたよ。

ブランチ　ということは、今夜は私たちだけ？
スタンリー　ああ。あんたとおれと、二人っきりさ。あんたがベッドの下に男をかくしてりゃあ話は別だがな。どうしたんだい、やたらおめかしして？
ブランチ　ああ、そうそう。電報がくる前にお出かけだったわね。
スタンリー　電報？
ブランチ　ええ、昔のボーイフレンドから。
スタンリー　いいことかい？
ブランチ　と思うわ。招待されたの。
スタンリー　どこへ？　消防団員の舞踏会か？
ブランチ　（上をむいて）カリブ海周遊のヨット旅行へ！
スタンリー　ほう。驚いたな！
ブランチ　私もこんなに驚いたのははじめて。
スタンリー　だろうな。
ブランチ　まさに青天の霹靂《へきれき》！
スタンリー　だれからって言ったっけ？
ブランチ　昔のボーイフレンド。
スタンリー　銀狐《ぎんぎつね》の毛皮をくれた男か！

ブランチ　ミスター・シェップ・ハントレー。大学の最終学年のとき、あの人の学生クラブのバッジをこの胸につけていたのよ、私。卒業後久しぶりに再会したのが去年のクリスマス。マイアミのビスケーン通りでばったりと。それから——たったいま——この電報——カリブ海のヨット遊びへのご招待！　問題は着て行くドレス。そこでトランクを引っかきまわし、熱帯むきの衣装を捜してみたの！
スタンリー　そして見つけたのがその——豪勢な——ダイヤモンドの——冠ってわけか？
ブランチ　この骨董品《こっとうひん》？　ハハハ！　これはただの模造ダイヤ。
スタンリー　へえ。おれはてっきりティファニーの店で買った本物かと思ったよ。（シャツのボタンをはずす）
ブランチ　とにかく私、第一級のおもてなしを受けることになりそう。
スタンリー　ふうん。人間、先のことはわからんもんだねえ。
ブランチ　幸運に見放されたと思ったそのとたんに——
スタンリー　マイアミの百万長者のご登場か。
ブランチ　マイアミじゃないわ。ダラスの人。
スタンリー　ダラス？
ブランチ　ええ、大地の底から金貨を噴きあげているダラスの人。
スタンリー　ほう、たいした土地の人だねえ！　（シャツを脱ぎはじめる）

ブランチ　それ以上お脱ぎになるなら、カーテンを閉めて。

スタンリー　(愛想よく) これ以上脱ぎやしないよ、いまのところは。(紙袋を破ってビール瓶をとり出す) 栓抜《せんぬ》き、見なかったかい？

ブランチはゆっくり化粧机のほうへ行き、両手を握りあわせて立つ。

おれの従兄弟《いとこ》に歯でビールの栓を抜くやつがいてね。(瓶の栓をテーブルの角にたたきつける) そのほかにはなんの才能もない男だった——つまり、人間栓抜きってわけさ。ところがあるとき、結婚披露《ひろう》のパーティーで、前歯をへし折っちまいやがった！　それからやっこさん、ひどく恥ずかしがってね、客がくるとこそこそ逃げ出したもんだが……

ビールの栓がポンとはずれ、泡《あわ》が噴水のように噴きあがる。スタンリーは嬉《うれ》しそうに笑い、瓶を頭上にかざす。

ハッ、ハッ、ハッ！　天からの恵みの雨だ！　(瓶をブランチのほうにさし出し) 角《つの》突きあわせるのはよして、仲なおりの乾杯といくか、え？

ブランチ　いえ、結構よ。

スタンリー　いいじゃないか、おれたちにとって記念すべき夜なんだぜ。あんたには石油王の恋人ができる、おれには子供ができるんだ。

スタンリーは寝室の衣装ダンスのところへ行き、かがみこんでいちばん下の引き出しからなにかとり出す。

ブランチ　（あとずさりして）なになさってるの？

スタンリー　今夜のような特別の日にはいつもこいつを引っぱり出すんだ。結婚式の夜、身につけた絹のパジャマ！

ブランチ　まあ。

スタンリー　電話が鳴って、「お坊ちゃんですよ！」なんて言われたら、こいつを脱いで旗のように振りまわすんだ！　（鮮やかな色彩のパジャマの上着を振りひろげる）おたがいに今夜ぐらいしゃれたかっこうしたっていいだろう。（パジャマの上着を腕にかけて台所にもどる）

ブランチ　もう一度人に干渉されない生活ができるなんて、すばらしいわ、それを思うだけで私――あんまり嬉しくて涙が出そう！

スタンリー　そのダラスの百万長者はあんたの生活に干渉しないのかね、全然？
ブランチ　あなたの考えていらっしゃるようなことではね。あの人は紳士よ、私を尊敬してくれるわ。(夢中になって作り話をすすめていく)あの人が求めているのは話し相手としての私なの。大金持ちってときには孤独になるものだから！
スタンリー　そいつは知らなかったね。
ブランチ　教養のある女性、知性と育ちのよさをそなえている女は、男の生活をゆたかなものにすることができるわ——はかり知れないほど！　私にもそういうものが身にそなわっている、いくら与えてもなくならないものが。肉体の美しさはうつろいやすい、一瞬のものにすぎない。でも心の美しさ、精神のゆたかさ、気持のやさしさといったものは——私には全部そなわっているけど——そういったものはなくなるどころか、ふえていくのよ！　年とともに！　私が貧しい女だなんてどうして言えるでしょう！　心のなかにこれだけの宝物をもっているのに！(息を殺したすすり泣き)私はとっても、とってもゆたかな女だと思ってるわ！　でも私、ばかだった——豚に真珠を投げ与えたりして！
スタンリー　豚だと？
ブランチ　ええ、豚よ！　豚！　あなたのことだけを言ってるんじゃない、あなたのお友だち、ミスター・ミッチェルもそう。あの人は今夜会いにきたわ。無作法にも作業服で！　そして私にむかってひどいことを言ったわ、あなたから聞いたという悪意にみちた作り話を！　私、たたき出してやった……

スタンリー　へえ、そうかい？

ブランチ　ところがまたもどってきたの。バラの花束をもって、許しを乞《こ》いに！　そして泣いてあやまったわ。でもどうしても許せないことってあるでしょう。故意に人の心を傷つけることは絶対許せない。それだけは許してはならないことだと思うし、それだけは私自身、これまで一度だって人にしたことがない。だから私、あの人に言ってやったわ、お気持は嬉しいけど、おたがいに相手にあわせてやっていけると思っていた私がばかでした。私たちの生活様式はまるでちがうし、考えかたと言い、育ちと言い、とうてい両立できそうもありません。そういう現実を直視して、お別れしましょう、お友だちとして！　どうかお気を悪くなさらないで……

スタンリー　と言ったのはテキサスの石油王からの電報がくる前かね、あとかね？

ブランチ　なんの電報？　いえ、あとよ、あと！　実のところ、電報がきたのはちょうど――

スタンリー　実のところ電報なんて全然こなかったのさ！

ブランチ　まあ、そんな！

スタンリー　百万長者なんていねえんだ！　ミッチがバラの花束もってきたなんてこともね

えんだ、おれにはあいつがいまどこにいるかわかってるんだからな——

ブランチ　まあ！

スタンリー　なにもかも空想の夢物語だよ！

ブランチ　まあ！

スタンリー　嘘《うそ》っぱちといかさまとうぬぼれだよ！

ブランチ　まあ！

スタンリー　だいたいそのざまはなんだい！　一度見てみろよ、すりきれたカーニバルの衣装を着こんだ自分の姿を。屑拾《くずひろ》いに五十セントも出せば貸してくれるしろものだぜ！　それにそのみっともない冠！　どこの女王様だと思ってるんだ！

ブランチ　まあ——ひどい……

スタンリー　はじめっからちゃあんとわかってたんだ！　おまえさんもこのおれの目は一度だってごまかせなかったのさ！　ここへくるなり、部屋じゅうに白粉《おしろい》と香水をまきちらす、電球には紙提灯《かみぢょうちん》をぶらさげる、見る見るうちにここはエジプトに早変わり、ご当人はナイルの女王クレオパトラってわけだ！　王座にお着きになっておれの酒をグビリグビリときた！　へ、へ、へ、へ、へーン、へーンだ——おい、聞いてるのか？　へ、へ、へーンだ！　（寝室に入って行く）

ブランチ　入っちゃだめ！

ブランチの周囲の壁にゆらゆらと燃えあがる炎の反映がうつし出される。暗い影はグロテスクで凶悪な姿のもののようである。ブランチは息をのみ、電話のところへ行き、受話器掛けをカタカタさせる。スタンリーはバスルームに入ってドアを閉める。

もしもし、交換、交換！　長距離をお願いします……ダラスのシェップ・ハントレーさんに。有名な人だから住所はいらないでしょう。だれかにきけば――待って！――いえ、いまは見つからないわ……どうかお願い、私は――いえ！　ちょっと待って！　……だれかがいま――いえ、なんでもなかった！　切らないでください！

ブランチは受話器を下におくと、用心深くそっと台所へ行く。夜の闇《やみ》は、ジャングルのなかの叫び声のような、動物的な声でみちている。暗い影と炎の反映は壁一面にゆらゆらとうごめいている。二つの部屋の後方の壁が透明になっていき、そのむこうの歩道が見えてくる。淫売婦《いんばいふ》が酔っぱらいの金をすりとって逃げてくる。酔っぱらいが追いかけてきて、その歩道で淫売婦をつかまえ、もみあいになる。警官の笛がひびく。二人は姿を消す。

数瞬後、黒人女が角をまわって現われる。淫売婦が歩道に落としていったシークイン（訳注　貨幣型の金、銀、錫箔などの小片を布地に縫いつけたもの）のハンドバッグを手にもち、興奮してそのなかをかきまわしている。

ブランチは拳《こぶし》を唇《くちびる》にあて、ゆっくり電話のところへもどる。かすれた声で電話にささやく。

もしもし、交換手さん！　長距離はとり消すわ。電報局につないで。時間がないの——電報——電報局よ。

ブランチは不安そうに待つ。

電報局ですか？　そう！　あの——電文を——書きとってください！　「ゼッタイ、ゼツメイ！　オタスケヲコウ！　ワレ、キュウチニアリ。ワレ、キュウチニ——」

い、

ああ！

バスルームのドアがさっと開いて、色鮮やかな絹のパジャマをつけたスタンリーが出てくる。彼は房飾りのついた帯を腰に締めながら、ブランチにニヤッと笑いかける。

ブランチはハッと息をのみ、電話からあとずさる。彼は十かぞえるほどのあいだ彼女を見つめている。やがて受話器から小さな音がもれはじめ、執拗《しつよう》に耳ざわりなひびきを立てる。

スタンリー　受話器、はずしっぱなしだぜ。

スタンリーはわざとゆっくり電話のところへ行って、受話器をかける。それをすませると、またブランチを見つめる。その口もとをゆっくりほころばせてニヤニヤ笑いをしながら、彼はブランチと表のドアのあいだで待つ。かすかに聞こえていた〈ブルー・ピアノ〉が太鼓をうつようなリズムで高まっていく。その音が機関車の近づく轟音《ごうおん》に変わる。ブランチはそれが通りすぎるまで、両の拳を耳にあててかがみこんでいる。

ブランチ　（やっとからだを起こして）そこ――そこ、通して！
スタンリー　ここかい？　いいとも。さあ、どうぞ。（ドアのほうへ一歩さがる）
ブランチ　いいえ――あっちへ行って！　（遠くの位置を指さす）
スタンリー　（ニヤニヤして）これだけありゃあ十分通れるぜ。

ブランチ　でもあなたがそこにいたんじゃあ！　私、外に出なきゃならないの！

スタンリー　おれが手を出すとでも思うのかい？　ハッ、ハッ！

〈ブルー・ピアノ〉が静かに流れる。

ブランチはうろたえてむきを変え、かすかな身ぶりをする。ジャングルの動物的な声が高まる。スタンリーは唇のあいだから突き出した舌を嚙《か》みながら、彼女のほうへ一歩近づく。

スタンリー　（そっと）そう言やあ——それほど悪い女でもなさそうだぜ——手を出しても……

ブランチは仕切り幕を通って寝室へあとずさりして行く。

ブランチ　こないで！　あと一歩近づいたら、私——

スタンリー　どうする？

ブランチ　恐ろしいことになるわよ、ほんと！

スタンリー　今度はなんのお芝居だい？

二人ともすでに寝室にいる。

ブランチ　こないでと言ったらこないで、なにするかわからないわよ、私！

スタンリーはもう一歩近づく。ブランチは瓶《びん》をテーブルにたたきつけ、割れ残った上半分を握ってスタンリーに面とむかう。

スタンリー　どうしようってんだ？

ブランチ　これをあんたの顔に突き刺してやる！

スタンリー　おまえさんならやりかねんな！

ブランチ　やるわよ、もしあんたが――

スタンリー　そうかい、立ちまわりをしたいってんだな！　よかろう、やろうじゃねえか。

それ、大立ちまわりだ！

スタンリーはテーブルを引っくり返してブランチに跳びかかる。彼女は悲鳴をあげ、瓶の上半分でなぐりかかるが、その手首をつかまれてしまう。

じたばた——するない！　瓶を放——放せったら！　こうなることははじめっから決まってたんだ！

ブランチはうめく。瓶の上半分が手から落ちる。彼女はがっくり膝《ひざ》をつく。スタンリーは動かなくなった彼女のからだをかかえあげ、ベッドへはこぶ。〈フォー・デューシズ〉からホットなトランペットとドラムが高らかにひびいてくる。

第十一場

数週間後。ステラがブランチのもちものを荷造りしている。バスルームで水の流れる音。

仕切り幕が半開きになっていて、台所のテーブルでポーカーをしている男たち——スタンリー、スティーヴ、ミッチ、パブロ——の姿が見える。台所の雰囲気《ふんいき》は、混乱を招いたあの〈ポーカーの夜〉と同じように、どぎつくけばけばしいものである。建物を縁どっている空はトルコ玉のような青緑色。ステラは泣きながら、開いたトランクに花模様のドレスをたたんで入れていたところである。

ユーニスが二階から階段をおりてきて、台所に入る。ポーカーのテーブルからどっと喚声があがる。

スタンリー　やったぜ、ピタリ入ってストレートだ。

パブロ　マルディータ・セア・トゥ・スウェルト（汝《なんじ》の幸運に呪《のろ》いあれ）！

スタンリー　翻訳してくれねえか、メキシコ先生。

パブロ　おめえのばかつきを呪ってやったのさ。

スタンリー　(鼻高々と)　つきってどんなもんか知ってるのか?　つきっていうのはな、自分がついてるって信じることなんだ。たとえばイタリア戦線でよ、おれはついてるって信じこんだ。五人のうち四人までやられても、おれは生き残るってな……そして、このとおり生き残ったんだ。これがおれのモットーよ。せちがらい世の中で生存競争に勝ち抜くには、自分はついてるって信じることさ。

ミッチ　この野郎……この野郎……いばり……やがって……大ボラ……吹きやがって……

ステラが寝室に入って、ドレスをたたみはじめる。

スタンリー　どうしたってんだ、この男?

ユーニス　(テーブルのそばを通りながら)　男なんて血も涙もないしろものだって、あたしはいつも言ってたけど、ここまで落ちるとはね。まるで豚だよ、おまえさんたちは。

(仕切り幕を通って寝室に入る)

スタンリー　どうしたってんだ、あの女?

ステラ　うちの坊や、どうしてる?

ユーニス　眠ってるよ、天使みたいな顔をして。ブドウもってきたからね。(ブドウを腰かけにおき、声を落として)　ブランチは?

ステラ　お風呂《ふろ》。
ユーニス　どんなぐあい？
ステラ　なんにも食べようとしないのよ、お酒を一杯ほしいと言っただけで。
ユーニス　なんて言ってあるの？
ステラ　それが——ただ——田舎で静養できるように手配しといたって。それを、姉さんはシェップ・ハントレーのこととごっちゃにしてるの。

ブランチがバスルームのドアをわずかに開ける。

ブランチ　ステラ。
ステラ　なあに、ブランチ？
ブランチ　お風呂に入ってるあいだに電話がきたら、番号を控えておいて、あとでこちらからかけると言ってちょうだい。
ステラ　わかったわ。
ブランチ　それからあの黄緑の絹の——スーツ。しわになってないか見て。そうしわになってなければ、あれを着たいの、タツノオトシゴの形をした銀とトルコ玉のブローチを襟《えり》につけて。ハート型のアクセサリー入れにしまってあるわ。それからね、ステラ……そのなかにスミレの造花もあるはずだから、捜してみて、タツノオトシゴと並べて襟につけるの。

ブランチはドアを閉める。ステラはユーニスのほうにむきなおる。

ステラ　あたし、まちがったことしてしまったんじゃないかしら。
ユーニス　でも、ほかにどうしようがあって？
ステラ　姉さんの話を信じるとしたら、あたしだってスタンリーといっしょに暮らしていけないわ。
ユーニス　信じることないよ。人間、生きていかなくちゃ。どんなことになろうと生きていかなきゃならないんだよ。

バスルームのドアが少し開く。

ブランチ　(のぞいて) だいじょうぶ？
ステラ　ええ、だいじょうぶよ。(ユーニスに) きれいだって言ってあげてね。
ブランチ　カーテンを閉めて、いま出て行くから。

ステラ　閉まってるわ。
スタンリー　――何枚だ?
パブロ　二枚――
スティーヴ　――おれは三枚。

ブランチがドアの琥珀色《こはくいろ》の光のなかに姿を見せる。赤のサテンのバスローブが彫像のようにからだの線をきわ立たせている彼女の姿は、悲劇的な輝きをおびている。ブランチが寝室に入ると、〈ワルシャワ舞曲〉が聞こえてくる。

ブランチ　(かすかにヒステリックな快活さをもって)髪を洗ってきたの。
ステラ　そう?
ブランチ　石鹸《せっけん》がちゃんと落ちたかしら。
ユーニス　きれいな髪だねえ!
ブランチ　(お世辞を受け入れて)そうだといいんですけど。電話なかった?
ステラ　だれから?
ブランチ　シェップ・ハントレー……
ステラ　ないわよ、まだ!

ブランチ　おかしいわね！　だって私――

ブランチの声が聞こえたときから、ミッチのトランプをもった手が垂れさがり、目はぼんやり焦点を失っている。スタンリーが彼の肩を引っぱたく。

スタンリー　やい、ミッチ、ぼんやりするな！

この新しい声がブランチにショックを与える。彼女はショックを受けた身ぶりをし、呼ばれた名を唇の形だけでくり返す。ステラはうなずくと、すぐ顔をそむける。ブランチはしばらくのあいだ微動だにせず立ちつくす――銀台の手鏡を手にもったまま、人生のあらゆる体験をあらわすような悲しげな困惑の表情を顔に浮かべて。ようやく、突然ヒステリーに襲われたような声で口を切る。

ブランチ　なにがはじまってるの、この家では？

ブランチはステラからユーニスへ、またステラへと顔をむける。彼女の声が次第に高まるので、ポーカーをしている男たちの注意がそらされる。ミッチはますます頭を低くたらす。スタンリーは立ちあがりそうにして椅子《いす》を引く。スティーヴがその腕に手をかけておさえる。

ブランチ　(続けて)なにがあったの？　ここでなにがあったか説明してちょうだい。
ステラ　(苦しげに)静かにして！　静かに！
ユーニス　静かにしなさいよ、あんた。
ステラ　お願いよ、ブランチ。
ブランチ　どうしてそんな目で私を見るの？　私がどうかして？
ユーニス　とってもきれいだよ、ブランチ。ねえ、きれいだよね！
ステラ　ええ。
ユーニス　旅行に行くんだって？
ステラ　そうなの。のんびり遊びに。
ユーニス　うらやましい話だよ。
ブランチ　手を貸して、着がえをするから！
ステラ　(ドレスを渡しながら)これかしら、姉さんが言っていた——
ブランチ　ええ、それ！　一刻も早くここを出なきゃ——この家は落し穴よ！
ユーニス　きれいだねえ、その水色のスーツ。

ステラ　ライラック色よ。

ブランチ　二人ともちがうわ。この色はデラ・ロビア・ブルー。昔の絵のマドンナが着ている服の色。このブドウ、洗ってあるの？

ブランチはユーニスがもってきたブドウの房に指をふれる。

ユーニス　え？

ブランチ　洗ってあるのかってききましたの。洗ってありますか？

ユーニス　フレンチ・マーケットで買ってきたんだけど。

ブランチ　だからと言って、洗ってあることにはならないわ。（寺院の鐘が鳴り出す）あの教会の鐘の音――フレンチ・クォーターで清らかなのはあれだけね。さ、行きましょう。仕度はできたわ。

ユーニス　（ささやいて）出て行く気だよ。迎えがこないうちに。

ステラ　ちょっと待って、ブランチ。

ブランチ　あの男たちの前は通りたくない。

ユーニス　じゃあゲームが終わるまで待ってたら。

ステラ　おすわんなさい、そのうちに……

ブランチは弱々しくためらいながらむきなおり、二人が自分を椅子に押しやるにまかせる。

ブランチ　もう潮風の匂《にお》いがする。これから先、私は生涯《しょうがい》海の上で生きていくわ。死ぬときも海の上。なんで死ぬと思う？　（ブドウを一粒つまむ）私はある日、大海原の上で、洗ってないブドウを食べて死ぬの。死ぬとき――私の手を握っていてくれるのは、ハンサムな船医さんよ、そう、小さなブロンドの口髭《くちひげ》をはやし、大きな銀時計をもった、若い船医さん。「かわいそうに」ってみんな言うでしょう、「キニーネも効きめがなかったね。洗ってないブドウの一粒がこの人の魂を天国へ送り届けたのだ」って。（寺院の鐘の音が聞こえる）そして私は水葬になる、純白の麻袋に縫いこめられ――夏の日のギラギラと照りつける――真昼どき――甲板《かんぱん》からまっさかさまに突き落とされるの、沈んでいく海の底は（ふたたび鐘の音）初恋の人の瞳《ひとみ》のように青いでしょう！

医師と看護婦が建物の角をまわって現われ、ポーチへの階段をのぼってきている。二人にはその職業特有の重苦しさが大げさなまでに現われている――冷然と人を突き放すような、州立精神病院の雰囲気《ふんいき》をそのままただよわせていることはあきらかである。

医師がドアのベルを鳴らす。ゲームのざわめきが中断される。

ユーニス　（ステラにささやく）あの人たちだよ、きっと。

ステラは拳《こぶし》を唇《くちびる》に押しあてる。

ブランチ　（ゆっくり立ちあがり）なにかしら?

ユーニス　（なにげない様子を作って）ちょっと見てくるからね、だれがきたか。

ステラ　ええ。

ユーニスは台所に入る。

ブランチ　（緊張して）私を訪ねてきたのかもしれないわ。

ドアのところでささやき声の対話がかわされる。

ユーニス　(もどってきて、明るく)だれかがブランチを迎えにきたよ。

ブランチ　やっぱり私！　(不安そうにユーニスからステラへ、さらに仕切り幕のほうへ目を移す。〈ワルシャワ舞曲〉がかすかに聞こえ出す)私が待っていたダラスの人？

ユーニス　だと思うよ。

ブランチ　仕度がまだ残ってるんだけど。

ステラ　外で待つように言ってちょうだい。

ブランチ　私……

ユーニスは仕切り幕のほうへもどる。
ドラムの音がごく低くひびいている。

ステラ　荷造りはいいわね？

ブランチ　銀の化粧道具がまだ。

ステラ　ああ！

ユーニス　(もどってきて)二人とも家の前で待ってるからね。

ブランチ　二人！　二人って？

ユーニス　女の人もきてるんだよ。

ブランチ　だれだろう、「女の人」って！　どんな身なり？
ユーニス　ただ――ただふつうの――地味な服だけど。
ブランチ　きっとその人は――（不安そうに口ごもる）
ステラ　行きましょうか、ブランチ？
ブランチ　どうしてもあの部屋通らなければならないの？
ステラ　あたしがついていってあげるわよ。
ブランチ　どうかしら、私？
ステラ　すてきよ。
ユーニス　（まねをして）すてきだよ。

ブランチは恐る恐る仕切り幕に近づく。ユーニスが引き開けてやる。ブランチは台所に入る。

ブランチ　（男たちに）どうぞそのまま。通していただくだけですから。

ブランチは足早に表のドアに行く。ステラとユーニスがあとに続く。ポーカーをしている男たちはテーブルの位置でぎごちなく立つ――ただし、ミッチだけは腰かけたまま、テーブルを見つめている。ブランチはドアの脇《わき》の小さなポーチに足を踏み出す。ハッと立ちどまり、息をのむ。

医師　はじめまして。

ブランチ　あなたじゃありません、私がお待ちしてたのは。（突然、あえいで、階段をのぼって引き返す。ドアのすぐ外に立っていたステラのそばで立ちどまり、おびえた声でささやく）シェップ・ハントレーじゃないわ。

〈ワルシャワ舞曲〉が遠くで演奏されている。

ステラはブランチをじっと見返す。ユーニスはステラの腕をおさえている。一瞬の静寂——スタンリーがしきりにトランプを切る音のほか、なんの物音もしない。

ブランチはもう一度息をのみ、家のなかへ逃げこむ。家に入るとき、奇妙な微笑を浮かべ、目は大きく見開かれてらんらんと輝いている。ブランチがすり抜けて行くとすぐに、ステラは目を閉じ、両手を固く握りしめる。ユーニスは慰めるように両腕でステラを抱きしめると、自分の家へ階段をのぼり出す。ブランチはドアのすぐ内側で立ちどまる。ミッチはテーブルにおいた自分の両手をじっと見つめるままだが、ほかの男たちはもの珍しげにブランチを見る。ようやくブランチはテーブルをまわって寝室のほうへ行きはじめる。そのとき、スタンリーは突然椅子を引き、ブランチの通り道をさえぎるように立ちあがる。看護婦がブランチを追って家に入る。

スタンリー　なにか忘れものかい？

ブランチ　（甲高い声で）そう！　忘れもの！

ブランチはスタンリーのそばをすり抜けて寝室に駆けこむ。壁面に炎の燃えあがるような反映が現われ、異様なのたうつような形をとってゆらめく。〈ワルシャワ舞曲〉はフィルターが入って無気味なゆがんだ音に変わり、それにジャングルの叫び声や騒音がともなう。ブランチは身を守るように椅子の背にしがみつく。

スタンリー　先生、どうぞなかへ。

医師　（看護婦に合図して）連れ出しなさい。

看護婦が一方から、スタンリーが他方から進む。女性のやさしさをいっさい失っている看護婦は、飾りけのない服装に身を包んで、奇妙に不吉な感じを与える。その声は、火炎報知のベルのように、図太く抑揚がない。

看護婦　こんばんは、ブランチ。

この挨拶《あいさつ》は、深い峡谷のこだまのように、壁の背後からのえたいの知れぬ声によって何度も何度もくり返される。

スタンリー　忘れものだそうだ。

こだまは恐喝《きょうかつ》するようなささやき声となる。

看護婦　かまいませんよ。
スタンリー　忘れものはなんだい、ブランチ？
ブランチ　私――あの――
看護婦　いいでしょう。あとでとりにくれば。
スタンリー　そうだよ。トランクといっしょに送ってやってもいいぜ。
ブランチ　(恐怖に駆られてあとずさりしながら) だれです、あなたは――あなたなんか知りません。私のこと――ほっといてください――お願い！
看護婦　さあ、ブランチ！

こだま　(高く低く)　さあ、ブランチ！　さあ、ブランチ！　さあ、ブランチ！

スタンリー　忘れものったって、パウダーのこぼれたのと、香水のあき瓶《びん》ぐらいしかねえだろう——そうか——そうか、まだその紙提灯《かみぢょうちん》があったな。もっていきたいのはその提灯かい？

スタンリーは化粧机のところへ行き、紙提灯をつかむと電球から引きちぎり、ブランチに突きつける。ブランチは自分が引きちぎられた提灯であるかのように悲鳴をあげる。看護婦が恐れげもなくブランチのほうに歩み寄る。ブランチは金切り声をあげ、看護婦を突き飛ばして逃げようとする。男たちはハッとして立ちあがる。ステラはポーチへ走り出る。ユーニスが慰めようとあとを追う。それと同時に、台所の男たちは混乱した声をあげる。ポーチではステラがユーニスの抱擁する腕のなかへ飛びこむ。

ステラ　ああ、ユーニス、どうしよう！　姉さんにあんなことさせないで、あんな乱暴なこと！　ああ、どうしよう、お願い、やめさせて！　あの人たち、姉さんになにしてるの？　ねえ、なにしてるの？　(ユーニスの腕から飛び出そうとする)

ユーニス　だめ、だめだよ、ここにいなさいって。行かないほうがいいよ、あんた。見に行っちゃあだめだよ。

ステラ　あたし、姉さんになにしたんだろう？　ああ、なんてことしたんだろう？

ユーニス　まちがったことしてないよ、こうするよりしようがなかったんだもの。ここにいるわけにはいかないんだし、ほかに行き場所はないんだからね。

ステラとユーニスがポーチで話しているあいだ、それにオーヴァラップして、台所の男たちがしゃべっている。

スタンリー　（寝室から台所に駆けこんできて）ねえ、先生！　先生も奥へどうか！

医師　あまりにひどすぎる。こういうやりかたはいつも避けているのだが。

パブロ　あんまりだ、こりゃあ。

スティーヴ　こんなやりかたってないよなあ。よく言い聞かせておかなきゃあ。

パブロ　マドレ・デ・ディオス！　ひどいもんだ！

ミッチが寝室のほうへ行きかけている。スタンリーがさえぎる。

ミッチ　（狂ったように）きさま！　よくもこんなことしやがったな、きさまのおかげでなにもかも無茶苦茶じゃないか——

スタンリー　泣きわめくんじゃねえよ！（ミッチを押しのける）
ミッチ　くたばれ、畜生！（スタンリーになぐりかかる）
スタンリー　おい、なんとかしてくれよ、この泣き虫！
スティーヴ　（ミッチを引っつかんで）よせよ、ミッチ。
パブロ　そう、落ちつくんだ！

ミッチはテーブルに崩れ倒れ、すすり泣く。
以上の動きのあいだに、寝室では看護婦がブランチの腕をつかみ、逃げられないようにする。ブランチは狂ったようにむきなおって相手を引っかこうとする。どっしりした看護婦はブランチの両腕を羽交い締めにする。ブランチはしわがれた叫び声をあげ、よろよろと両膝《りょうひざ》をつく。

看護婦　この爪《つめ》は切らなくちゃ。（医師が寝室に入ってくるのを見て）拘束服を着せますか、先生？
医師　まだその必要はないだろう。

医師は帽子を脱ぐ。すると一個の人間らしさが現われ、非人間的な感じが消える。ブランチのところへ行って、彼女の前にかがみこみ、話しかけるその声はやさしく、安心感を与える。医師に名前を呼ばれると、ブランチの恐怖はやや静まる。壁面の炎のような反映は薄れていき、動物的な叫び声や騒音も消え、ブランチ自身のしわがれた叫び声もおさまる。

医師　ミス・デュボア。

ブランチは医師に顔をむけ、必死の哀願の目で見つめる。医師はほほえみ、それから看護婦に声をかける。

その必要はなさそうだ。

ブランチ　手を放すように言ってください。

医師　（看護婦に）放してあげなさい。

看護婦は手を放す。ブランチは医師に両手をさしのべる。医師はやさしく引き起こして立たせ、腕をかして支えてやり、仕切り幕のあいだを通って連れ出して行く。

ブランチ　（医師の腕にしっかりすがって）どなたかは存じませんが――私はいつも見ず知らずのかたのご親切にすがって生きてきましたの。

ポーカーのメンバーは、ブランチと医師が台所を通って表のドアにむかうとき、うしろにさがって道を開ける。ブランチは盲人のように、医師の導くままにまかせている。二人がポーチに出ると、そこから階段を二、三段のぼったところにうずくまっていたステラが、大声で姉の名を呼ぶ。

ステラ　ブランチ！　ブランチ！　ブランチ！

ブランチはふりむきもせず歩いて行く、そのあとに医師と看護婦が続く。三人は建物の角をまわって去る。ユーニスが階段をおりてきてステラのところへ行き、その腕に赤児《あかご》を抱かせる。赤児は薄いブルーの毛布にくるまれている。ステラは赤児を受けとると、泣きじゃくる。ユーニスはそのまま階段をおり、台所に入る。男たちは無言でテーブルの席へもどりかけている。ただスタンリーだけはポーチに出ており、階段の下のところでステラを見ている。

スタンリー　（やや不安そうに）ステラ？

ステラはわれを忘れて存分に泣きじゃくる。姉が去って行ったいま、思いきり涙に身をまかせているステラの様子には、どこか満ちたりた感じさえ見られる。

スタンリー　（欲情に駆られるように、なだめるように）さあ、もういいんだ、ステラ。もういいんだよ。（ステラのそばにひざまずき、ブラウスの合わせめを指でまさぐる）もういいんだ、いいんだ、ステラ……

満ちたりたような泣きじゃくりも、欲情に駆られたようなつぶやきも、次第に高まっていく〈ブルー・ピアノ〉と弱音器のついたトランペットの音楽に消されていく。

スティーヴ　こんどはセブン・ポーカーといくか。

——幕——

解説

小田島雄志

本書は、Tennessee Williams : *A Streetcar Named Desire*（一九四七）を訳したものである。

『欲望という名の電車』という名の劇をはじめて見たのは、一九五三年、ぼくが大学を卒業した年の文学座の舞台だった。

そのころ、「アメリカ」はぼくたちにはまだ遠かった。戦争中、かたくなに拒否の姿勢をとって対さねばならなかった「アメリカ」が、戦後、進駐軍という形で入ってきたとき、それは、宝塚《たからづか》のモットーふうに言えば、「強く、明るく、たくましく」といったイメージで聳《そび》え立ち、「日本」とは対極的にある存在と思われた。少なくともぼくの場合、『欲望――』やアーサー・ミラーの『セールスマンの死』などを見ることではじめて、「アメリカ」にも弱い側面、影の部分、こまやかな内奥があることを知り、急速に身近なものと感じられるようになっていったのである。

それでもまだ、ボーリングというゲームやセールスマンという職業にはなじみがなく、これはあとで聞いた話だが、俳優のなかには、『欲望——』に出てくる「ボーリング・ジャケット」は石油をボーリングするとき着る服と思いこんだ人がいたり、『セールスマンの死』を読んだかときかれて、「ん? セールスマンの小説は読んだが詩は読んでねえ」と答えたものがいた(トーマス・マンの弟とでも思ったのだろう)、そういう時代だった。

その後、日本および日本人がアメリカをふくむ国際交流を経験していき、開かれていくと同時に、テネシー・ウィリアムズの世界は、数多くの劇が上演され、その映画も上映されて、ますますぼくたちに親しいものとなっていった。

テネシー・ウィリアムズ(本名トマス・ラニア・ウィリアムズ、一九一一—一九八三)は、南部の小都市、ミシシッピ州コロンバスに生まれた。ハイスクールのときすでに、将来文筆によって立とうと志していたようである。やがて三つの大学に入ったりやめたりするうちに演劇に関心をもち、一幕物を書いたりし、そのうちいくつかは上演されたが、ブロードウェーのデビューに成功したのはようやく、一九四五年三月三十一日、『ガラスの動物園』(一九四四年シカゴ初演)によってであった。彼、三十四歳のときである。

彼の主要作品のみ列記しておこう。年代はブロードウェー初演の年、( )内は映画が封切りされた年である。

『ガラスの動物園』一九四五。(一九五〇)
『欲望という名の電車』一九四七。(一九五一)
『夏と煙』一九四八。(邦題『肉体のすきま風』一九六一)
『バラの刺青《いれずみ》』一九五一。(一九五五)
『カミノ・レアル』一九五三。
『熱いトタン屋根の猫《ねこ》』一九五五。(一九五八)
『地獄のオルフェ』一九五七。(邦題『蛇皮《へびがわ》の服を着た男』一九六〇)
『この夏突然に』オフ・ブロードウェー初演一九五八。(邦題『去年の夏突然に』一九五九)
『青春の甘き小鳥』一九五九。(邦題『乾いた太陽』一九六二)
『イグアナの夜』一九六一。(一九六四)
『牛乳列車はもう止まらない』一九六三。(邦題『夕なぎ』一九六八)

そのほか、『財産没収』(一九四五刊。映画の邦題『雨のニューオリンズ』一九六六)などの一幕物、『ストーン夫人のローマの春』(一九五〇刊。映画の邦題『ローマの哀愁』一九六一)などの中・短篇《たんぺん》小説、『ベビー・ドル』(一九五六刊。同年封切)という映画台本、

『町々の冬枯れに』（一九五六刊）などの詩集、『回想録』（一九七五刊。邦訳『テネシー・ウィリアムズ回想録』）という手記と、彼の遺《のこ》していった作品群は一目では見渡せない広大なお花畑のようにさまざまな香りを放っている。

ぼくにとって幸運だったのは、舞台や映画を通じてテネシー・ウィリアムズの諸作品に次々にふれていきながら、同時に文学座がくり返し『欲望——』を上演してくれたことである。最初は一種の驚きと怖《おそ》れに似た感情で見守っていた各登場人物が、その後の作品を知った上で再会するたびに、次第にぼくのなかに息づきはじめたのである。たとえば、「ブランチ・デュボアは私自身だ」というテネシー・ウィリアムズのことばに、「そしてその一部はぼく自身でもある」とつけ加えることができるようになった。『回想録』のなかで彼は、ブランチ最後の退場のセリフ、「私はいつも見ず知らずのかたのご親切にすがって生きてきましたの」にふれて、

じっさいにそのとおりなのだ。私はいつもそうやって生きてきて、めったに期待外れを感じたことがなかった。じじつ、偶然の知り合いや見ず知らずの他人の方がふつうの友人たちよりも私に親切にしてくれたように思う——（鳴海四郎訳）

と言っているが、これはぼくの人生においても思い当る感慨である。

『欲望という名の電車』は、最初『月光のなかのブランチの椅子《いす》』という題で書きはじめられ、次に『ポーカーの夜』と改題（これは第三場の題として残っている）の上で全面的に書きなおされ、最終的にこの魅力的な題名になり、一九四七年十二月三日、ブロードウェーのバリモア劇場で初演された。演出はエリア・カザン、ブランチ役はジェシカ・タンディ、スタンリー役はマーロン・ブランド。一九四七・四八年度のピューリッツァ賞、ニューヨーク劇評家賞、ドナルドスン賞を受賞した。

舞台は、ニューオーリアンズのフレンチ・クォーターである。ウィリアムズは、一九三八年春、二十七歳でアイオワ州立大学演劇科を終えたあと、居所を転々とする流浪《るろう》の生活をはじめたが、このニューオーリアンズという南部の港町に魅せられ、何度もフレンチ・クォーターのアパートを借りている。そのロイヤルという通りに、昔、「欲望」と「墓場」と書かれた二系統の電車が走っていたのである。

この劇は、さまざまなレヴェルにおいて、「引き裂かれた」世界であるように思う。ブランチとスタンリーによって象徴されるアメリカ南部の没落地主階級の〈滅びゆく文明〉と新しい時代をになう労働者階級の〈粗暴なまでの生命力〉は、対立・葛藤《かっとう》を巻き起こすというよりも、引き裂かれたまま傷口を露呈しているかのように見える。あいだに立つはずのステラも、いまは両者を癒着《ゆちゃく》させる膏薬《こうやく》とはなりえないのである。

また、ブランチの内部においても、過去と現在、幻想と現実、死と生＝性＝欲望など、いやおうなく引き裂かれた姿があらわに示されている。そしてその裂け目から発せられる叫びは、悲痛であると同時に抒情《じょじょう》的でさえある。ぼくたちはその叫びを、理性のフィルターを通すことなく直接胸の琴線に感受して、ふるえるように共鳴することになる、ぼくたちの内部にも引き裂かれた傷痕《きずあと》があることをまざまざと思い出しながら。

もう十四、五年前のことになるか。青年座のプロデューサー金井彰久《あきひさ》から、「おれの長年の夢は、いつかアズ（東《あずま》恵美子）のブランチで『欲望――』をやることなんだ。そのときは訳してくれよ」と言われた。数年後、彼の夢が実現することになり、ぼくは田島博・山下修訳（新潮文庫）と鳴海《なるみ》四郎訳（早川書房）を改めてすばらしい名訳と感嘆しながら参考にさせていただき、なんとか訳了した。底本にしたのは、もっとも普及していると思われるペンギン版であり、先訳者たちのニュー・ディレクション版とはこまかいところでやや異なっている。青年座の舞台は、演出・栗山昌良《くりやままさよし》、ブランチ・東恵美子、スタンリー・西田敏行《としゆき》、ステラ・今井和子、ミッチ・津嘉山正種《つかやままさね》などにより、一九七九年二月八日、紀伊国屋ホールで幕を開けた。

本書は、したがって、田島、山下、鳴海の諸氏と、青年座メンバーの、大きな恩恵なくしては生まれなかったはずである。心からの感謝を捧《ささ》げたい。

（一九八八年一月）

新潮文庫最新刊

重松清著
あの歌がきこえる
友だちとの時間、実らなかった恋、故郷との別れ――いつでも俺たちの心には、あのメロディーが響いてた。名曲たちが彩る青春小説。

道尾秀介著
片眼の猿
―One-eyed monkeys―
盗聴専門の私立探偵。俺の職業だ。今回の仕事は産業スパイを突き止めること、だったはずだが……。道尾マジックから目が離せない！

森見登美彦著
きつねのはなし
古道具屋から品物を託された青年が訪れた奇妙な屋敷。彼はそこで魔に魅入られたのか。美しく怖しくて愛おしい、漆黒の京都奇譚集。

三浦しをん著
風が強く吹いている
目指せ、箱根駅伝。風を感じながら、たすき繋いで、走り抜け！「速く」ではなく「強く」――純度100パーセントの疾走青春小説。

有川浩著
レインツリーの国
きっかけは忘れられない本。そこから始まったメールの交換。好きだけど会えないと言う彼女にはささやかで重大なある秘密があった。

吉村昭著
死顔
吉村文学の掉尾を飾る遺作短編集。兄の死を題材に自らの死生観を凝縮した表題作、未定稿「クレイスロック号遭難」など五編を収録。

欲望《よくぼう》という名《な》の電車《でんしや》

新潮文庫　ウ－5－4

昭和六十三年三月二十五日　発行
平成二十一年七月十五日　二十八刷

訳者　小《お》田《だ》島《しま》雄《ゆう》志《し》

発行者　佐藤隆信

発行所　株式会社 新潮社

郵便番号 一六二—八七一一
東京都新宿区矢来町七一
電話 編集部(〇三)三二六六—五四四〇
　　 読者係(〇三)三二六六—五一一一
http://www.shinchosha.co.jp

価格はカバーに表示してあります。

乱丁・落丁本は、ご面倒ですが小社読者係宛ご送付ください。送料小社負担にてお取替えいたします。

印刷・株式会社光邦　製本・憲専堂製本株式会社

ISBN978-4-10-210906-9 C0197